アレクサンドロスの決断

池田大作
DAISAKU IKEDA

第三文明社

東京・小平の創価学園で生徒を励ます著者（2003年4月）

目次

［凡例］

一、本書は、『高校新報』（聖教新聞社）に掲載された小説「アレクサンドロスの決断」（一九八六年七月～八七年三月）、「革命の若き空」（一九八八年十一月～八九年八月）を収録した。いずれも後に『池田大作全集』第五十巻（聖教新聞社、一九九六年）に収められ、本書は同全集を底本としている。

一、各編の「解説」は、『池田大作全集』第五十巻の刊行に際し、全集編集部が付記したもの。収録にあたり、著作権者の了解を得て一部修正した。

一、引用・参考文献は、各編の末に記し、該当のページ数を示した。引用中、漢字は新字体に、仮名づかいは現代仮名づかいに改めたものもある。

一、巻末の「後記」は、「池田大作全集」刊行委員会によってまとめられ、『池田大作全集』第五十巻に掲載されたもの。本書への収録にあたり、著作権者の了解を得て一部修正した。

デザイン　小林正人（ＯＩＣＨＯＣ）
イラスト　迎　朝子

アレクサンドロスの決断

（一）

人間というものは何故《なぜ》、大自然のように、もっと雄大に、大らかに生きられないものか――。

あたりを真っ赤に染《そ》めながら、遥《はる》か水平線の彼方《かなた》に壮大な太陽が昇る。

青と白の波間には、幾種類もの鳥が飛びまわっていた。地中海が見える部屋の窓《まど》際《ぎわ》で、一人の多感な青年が、沈痛な面持《おもも》ちで悩んでいた。

（服《の》むべきか、服まぬべきか……）

アレクサンドロスは、迷っていた。この難問は、降って湧《わ》いたように起こって、彼の眼前《がんぜん》に解答を迫っている。

彼は二十三歳の青年であった。

この切羽詰《せっぱつ》まった事件は、いっときの時間の猶予《ゆうよ》も許されなかった。

どちらを選ぶにしても、人間一人が死ぬかもしれない——いや、たとえ命は救われても、人間にとって命よりも大切なものが打ち滅ぼされるかもしれないのであった。

彼は、全身の血が逆流するのを覚《おぼ》えた。

寝台《しんだい》の傍《かたわ》らに、丸い小さなテーブルがある。樫《かし》らしい老木《ろうぼく》を厚く輪切りにしたもので、ちょうど寝台ほどの高さがあった。その上に薬の入った一個のグラスが静かに置かれていた。それは透明な釉薬《うわぐすり》で仕上げられたのであろう、少し深い小皿《こざら》のような形をした美しい器《うつわ》であった。その中にどろりとした液体が入っている。彼の目を釘《くぎ》づけにしているのは、その薬液なのである。

旭日の光彩に照らされて、その搾《しぼ》りたての葡萄《ぶどう》液のような液体は深く澄《す》んで光っていた。ところが目覚《めざ》めるにつれてよく見ると、まるで腐《くさ》った溜《たま》り水のようにどす黒く淀《よど》み、てらてらと不気味《ぶきみ》な色をしているのであった。彼は一瞬、目眩《めまい》がした。グラスが目の前に次第に拡大され、中にある薬液がまるでどくろのように見えてきた。

彼は、その険《けわ》しい眼差《まなざ》しを、テーブルの向こう側に突っ立っている男に向けた。その男は、一片の手紙を読み始めたところであった。書き物を持つ両端の手が微《かす》かに震《ふる》えている。その姿を見て、アレクサンドロスは更に動悸《どうき》が高まっていった。わずか数行の文字は一瞬にして読まれるであろう。そして男は、読み終わると同時に、自分にそのきつい目を向けるにちがいない。それまでの一瞬間しか、決断の時間はないのであった。その間に、アレクサンドロスは彼に語りかけるべき言葉を選んでおかねばならなかった。

最初に発する一言が決定的に重要な意味を帯びてしまうからである。烈《はげ》しい衝撃の嵐《あらし》に向かって、アレクサンドロスは心を沈着に整えようと必死に努《つと》めた。液物を、毒と見るか、薬と見るか――それが、選択《せんたく》の分かれ道なのであった。否《いな》、それは毒か、薬か、の選択ではなかった。男が、自分を裏切ろうとしているのか、そうでないのか。否、否、男が裏切らないものと信ずるか、信じないか、すなわち友を信ずるか信じないか――今や、全《まった》くアレクサンドロス自身の問題として、彼の目の中に、テーブル上の一個のグラスは重く高く聳《そび》えるように映っていた。

男の名はフィリッポス。アレクサンドロスの侍医《じい》である。アレクサンドロスの家では伝統として代々、侍医を手厚く遇《ぐう》してきた。彼自身も医学が好きで、詳《くわ》しかった。だが、そういう事情にもまして、二人は少年時代からの良き友であった。一人の恩師をともにいただき、ともに遊び、ともに学んできた。いわば親友であり、学友であった。遥かなる虹《にじ》の将来を目指して励まし合い、誓い合った、生涯《しょうがい》にわたるであろう盟友《めいゆう》と許し合った仲でもある。

ギリシャの北方を広く治《おさ》めていた若きマケドニアの大王であるアレクサンドロスは、今、病《や》んでいた。彼は歩兵と騎兵《きへい》合わせて約四万のマケドニア・ギリシャ連合軍を率《ひき》いて遠征中の身であった。遠征軍は現在、小アジアの南の懐《ふところ》深く、地中海に面した静かな平野の首都であるタルソスで休息をとっていた。彼は町からやや南へ下って地中海に面した館《やかた》を、寝所《しんじょ》とも本営ともしていたのである。

この静かな平野はキリキア平野といって、現在もその名が残っている。タルソスの町は、烈しい夏日をうけながら、一見、平和そのものに見えた。大軍はここで三日間駐屯《ちゅうとん》し、鋭気《えいき》を養って、目指すペルシャへ進軍するところであった。

アレクサンドロスは、以前は、これという病兆《びょうちょう》があったわけではない。体《からだ》の頑健《がんけん》さに任せて彼は一瀉千里《いっしゃせんり》に戦いの道を走りに走って来た。そして、「少し休もう」と思い始めた時、急に疲労困憊《こんぱい》を感じたのである。懐《なつ》かしくも美しき故国の山影《さんえい》に別れを告げ、すでに一年余りの月日が経《た》っていた。転戦を続けた小アジアの土地には全く慣《な》れないうえ、心身の疲労が体の芯《しん》まで食い込んで、体力をひどく消磨《しょうま》させていた。つい今しがた越えて来たタウロスの山道も身に堪《こた》えていた。それにもまして、あまりにも暑い日であり、どうにも気怠《けだる》かった。

近くにキュドノス川がある。タウロスの山塊《さんかい》に源を発する流れである。彼は、この川に二、三の従者を連れて水浴に出かけた。水が身を切るように冷たく心地よい。何度も何度も彼は川に潜《もぐ》った。何度目かに水面に頭を出した時、くわっと炎熱《えんねつ》の日差《ざ》しがことさらに眩《まぶ》しく感じられて、目がくらくらした。彼は、慌《あわ》てて水を搔《か》き分《わ》け搔き分け、急ぎ河原までのぼってきた。しかし、心臓が早鐘《はやがね》を打つように高鳴り、胸がしめつけられるように苦しくなった。やっとのことで本陣の館に帰る馬上にあった彼の全身を、激しい悪寒《おかん》が襲《おそ》っていった。必死の思いで寝台に身を投げ出すと、急に全身が痙攣《けいれん》して、そのまま意識を失っていったのである。

館は静かであった。

急ぎ駆《か》けつけた侍医の一人は、アレクサンドロスの顔を見て、一瞬蒼《あお》くなった。胸苦しそうにあえぐ彼の心音は、最後の一打ちが、今か今かと思えるほど弱々しくなっている。顔も土色が深く、瞳孔《どうこう》が半開きのまま、動く気配がない。すでに病状は重体であった。

病床《びょうしょう》は早《はや》三日目を過ぎた。彼の容体《ようだい》は少しも高熱がとれず病勢《びょうせい》は募《つの》る一方である。起きたくても起きられない彼は、その深刻さが自分で分かった。時折、目が霞《かす》み、意識がもうろうとしてたびたび発作《ほっさ》の症状もある。

だが、持ち前の強靱《きょうじん》な生命力で、辛《かろ》うじて持ちこたえていた。

それにしてもこの三日間、ほとんど薬らしいものが自分に施《ほどこ》されていないのは不思議といえば不思議である。意識が戻っている時に二、三度、薄荷湯《はっかとう》のようなものを飲まされたのは覚えている。が、それが単なる気休め程度でしかないことは、医術の知識を持つ彼には分かっていた。

侍医団への疑いが雲のように湧いて、病中の彼の頭にくるめくのであった。

（「大丈夫でございますから、お気を確かにもって」とか「ごゆっくりお体を休めれば体力を回復なさいましょう、きっとこれは深い疲れからきたもので……」とか、医者達は代《か》わる代《が》わるあたりさわりのないことを言っては、この館を出たり入ったりしている。しかし、本当に大丈夫なのか。治療のめどが立たないのではないのか。どいつもこいつも、藪《やぶ》医者め。……いや、彼だけは違う、フィリッポスだけは。彼はさっぱり顔を見せぬが、どうしたのだろう……）


アレクサンドロスが、自国マケドニアの東に隣接するトラキアの町アンフィポリスから東征《とうせい》に進発したのは、前年の紀元前三三四年五月初めのことである。これより以前、彼の親友フィリッポスは、小アジアのギリシャ植民都市にある医学所を転々と訪《たず》ね歩き、医学の研鑽《けんさん》を深めていた。

アレクサンドロスがペルシャ攻撃のためギリシャ全土に出兵を命じた時、これを聴《き》き知ってフィリッポスはアンフィポリスへと急ぎ駆けつけた。彼はこの時に結成された国王の侍医団の一員として従軍したのである。

若き国王アレクサンドロスの胸中は焦《あせ》りと不安が渦巻《うずま》いていた。側近の幕僚《ばくりょう》達の憂色《ゆうしょく》は深まっていった。できれば兵士達に知られないうちに切り抜けたい。王の重病は、全軍に深刻な動揺を与えるであろう。もし、敵側に知れてしまったならば――。

すでにペルシャの大王ダレイオス三世は自《みずか》ら大軍を率いて古都バビロンを進発し、連合軍を迎え撃《う》つべく西へ進軍中である。病の指揮官をいただいてペルシャ軍の総攻撃をうけたら、ひとたまりもあるまい。まして、王の身に万一のことがあったら――全《すべ》てが敗北につながる。

彼らは、侍医団を呼び寄せた。

「どうだ、アレクサンドロス様のご容体は？　容易《ようい》ならぬものと見うけられるが」

王の側近の一人が、厳《きび》しくただした。

「はい、恐れながら、極めて重体でございます」

長老格らしい一番年かさの医者が答えた。

「ご病気は、何なのだ?」

「それが、何とも……。熱病とも、風土病とも、過労とも、何とも知れませぬ。手の施しようがございませぬ」

「それでは、望みがないとでも言うのか?」

たまりかねて、若い幕僚が怒鳴《どな》ると、医者達はたじろいでうつむいた。

「だいたい、お前達はいったい、何の治療をしたというのだ。ろくろく薬を差し上げた形跡すら見えぬではないか。アレクサンドロス様を見殺しにする気か?」

幕僚達の激怒《げきど》の前に、医者の一団は鳴りを静めて立っている以外になかった。

「そういえば変だな。お前達は何となく尻込《しりご》みをしているぞ。この三日間、ただ診察するだけの繰り返しではないか」

三人目の幕僚が、詰問《きつもん》した。

「ごもっともでございますが、何分《なにぶん》、原因が分かりませぬゆえ、へたに投薬しますと、かえって危険でございます……」

しどろもどろの答えは、幕僚達の怒りを募らせるだけであった。

「お前達の心は読めておる。もはや、国王のお命を見限っておるな？　恐れ多くも、もし薬の甲斐《かい》なき時の責任をこわがっておるな？　ええい、腰抜けどもめ。国王のみか、四万の将兵の命運がかかっているこの瀬戸際《せとぎわ》に、何ということだ」

それは図星《ずぼし》であった。

もはや医師達は、アレクサンドロスの病状を絶望視していたのである。治療しても失敗は目に見えていた。王の逝去《せいきょ》。それは、斬首《ざんしゅ》といった処罰《しょばつ》を進んで志願するようなものであった。

たまりかねたように、一人の医者が言った。

「フィリッポス……フィリッポスが今、薬を調合しているところでございます」

「なに。そういえば、フィリッポスの姿が見えないが」

「はい、自分の幕舎《ばくしゃ》に引きこもって、何やら薬を処方しているようです……」

「どんな薬なのか？」

「それが、我々には分かりませぬ。この小アジアにしか生育《せいいく》していない薬草を種々混《こん》ずるのだというのです……。詳しいことは一切、我々には申さぬまま、どうやら部屋に、こもりきりのようすでございます」

「そうか。しかし、医者仲間にも分からぬ薬というのも、心配だな」


その頃《ころ》、フィリッポスは、アレクサンドロスの館に急ぎ向かっていた。暁《あかつき》が近かった。あたりを皓々《こうこう》と照らしていた満月の残光が、キリキア平野の町や村を静かに美しく包んでいる。薄暗い道を彼は、急ぎ急ぎ薬液を入れた壺《つぼ》をたずさえながら進んでいった。日中の暑熱《しょねつ》とは打って変わって急速に冷え込んでいく夜気《やき》のもとに、陣営はひっそりと沈みきっている。すでに王の重病は、幕僚達の思惑《おもわく》をよそに兵士らの耳にも届いており、もはや人馬の行き交《か》いもなく、ただ焚《た》き連ねる篝火《かがりび》の影が点々と揺《ゆ》らぐのみである。

突然、町の入り口の方《ほう》から馬蹄《ばてい》の音が聴こえた。それは夜目《よめ》にも白い砂烟《さえん》をあげてみるみる近づいて来たかと思うと、フィリッポスの脇《わき》を疾風《しっぷう》のように通り抜けて、彼方のアレクサンドロスの館あたりで闇《やみ》に紛《まぎ》れた。どこからかの早馬にちがいない。

が、そんなことは目外《もくがい》に置いてフィリッポスはまた先を急いだ。

特使の馬は、老練な副将パルメニオンからの急使であった。

彼の軍はキリキアの東のはずれまで先発していたのである。この若き使者は薄明《はくめい》の夜道を飛ぶように疾駆《しっく》してきた。

使者は疲れを見せなかった。衛門《えもん》に立つ兵に意を告げると、真《ま》っすぐにアレクサンドロスの病床に歩み寄り、厳重に緘《かん》された一封の密書《みっしょ》を手渡して辞去《じきょ》した。

辛うじて意識が戻っていたアレクサンドロスは、やっとの思いで来信を開いた。

そして、その短い数行の走り書きを目を凝《こ》らして読み終わると同時に、薬壺《やくつぼ》を両手に高く捧《ささ》げ持ったフィリッポスが姿を見せたのである。

(アレクサンドロス様、フィリッポスでございます……)

押し殺したような彼の声が聴こえた。仄暗《ほのぐら》い館の中である。病熱に霞《かす》む彼の目には、相手の表情は読むことができない。しかし、間違いなくフィリッポスの声のようである。

驚愕《きょうがく》したアレクサンドロスは大きく目を見開いて、半身を起こそうとした。

「いえ、いけませぬ。寝ていなくては……」

フィリッポスの制止の言葉にあらがうように、アレクサンドロスは渾身《こんしん》の力をふり絞《しぼ》って、褥《しとね》の上に起き上がった。肩が大きく波打っていた。目をすぼめて彼はフィリッポスの顔を何とか見極めようとしたが、暁闇《ぎょうあん》のとばりがそれを許さない。

しばらく両者は無言であった。

フィリッポスは、苦しそうにあえぐアレクサンドロスの肩に静かに手を置きながら言った。

「アレクサンドロス様、ご安心くださいませ。私が秘術の限りを尽くして、あなたさまの病に即効ある薬を調合してまいりました。もう大丈夫でございます。今度は、私がお命をお助け申し上げます」

彼の声は澄んでいた。その言葉をアレクサンドロスは無言のまま聴き入っている。

「いよいよ、その時が来たのです。私の命をいくつ差し上げても足りないあなたさまのために、万が一のこの日のために、学びもし、修業も積んできたのです。病の床につかれた時、すぐ馳《は》せ参《さん》じて、お体を良く診《み》させていただきました。気を失っておいでのあなたは気付かれなかったでしょうが。何が障《さわ》ったものかを私は見届けました。それは申し上げますまい」

アレクサンドロスの頭の中は一瞬、嵐《あらし》のように雷《いかずち》が光り、雷鳴がとどろくようであった。しかし彼は無言であった。

そしてフィリッポスの声は続いた。

「ご心配を大きくする種にもなりましょうから……これなるものは、幾種類もの野の薬草を掘り集め、根や葉を煎《せん》じたものを一度散薬《さんやく》にし、それを水薬《すいやく》に戻したものでございます。

眠りも食もとらずに、寸刻《すんこく》も早く出来上がりますよう、力の限り知恵の限りに努めました。みごと、あなたさまが所期のお志《こころざし》を遂《と》げられますよう、お助け申し上げられるように、と。いつか、きっと、あなたさまがアジアの征旅《せいりょ》に立たれるものと、私は信じておりました」

アレクサンドロスは動悸《どうき》が一層激しく、強くなったように感じた。しかし彼は無言であった。何か額《ひたい》が冷たく汗ばんでくるのをどうしようもなかった。

「そのために、少しでもアジアの水や空気や土の近い処《ところ》で医術を修めてまいったのです。少し毒性の強い薬ではありますが、その薬毒が病毒を消す働きをするのです。必ず、お命は助かります。もう少しのご忍耐でございます。何とぞ、私の薬をお服《の》みくださいませ」

あたりは次第に白々と明るくなっていた。

フィリッポスは自らの思いを言い尽くすと壺からグラスに薬液を注いでテーブルの上に置いた。アレクサンドロスは、その器の一点をいつまでも厳しく見つめている。同時に、落手《らくしゅ》したばかりの密書の文面が、彼の生命《せいめい》の中を駆け巡《めぐ》っていた。それは、ごく簡単な文面であった。

敵方への通謀者《つうぼうしゃ》にご用心あれ。フィリッポスはペルシャ宮廷《きゅうてい》に買収されているとの密告がございました。確かな筋《すじ》の者からでございます。彼が何か薬をお勧《すす》めしようとも、くれぐれも服されませぬよう、ご用心のほどを。お命を狙《ねら》っておりますゆえ。詳しくは、後に。パルメニオン

と副将のサインがしてあった。

今、フィリッポスは手を小刻みに震《ふる》わせながら、アレクサンドロスから無言のうちに手渡された密書の恐るべき行文を読み終えようとしていた。

寝台の脇にある獣脂《じゅうし》の明かり皿《ざら》から、微《かす》かに青烟《せいえん》があがっている。その、じりじりと焼ける音だけが、館のうちにあった。

フィリッポスの姿は、漠《ばく》とした仄《ほの》暗い影に包まれていて、いぜんとしてその表情はぼんやりとしか見えない。

一瞬、アレクサンドロスの脳裏を、父王《ちちおう》フィリッポス二世の面影《おもかげ》が厳しくかすめた。あの時の父の最期《さいご》の悲憤《ひふん》の顔《かんばせ》が――。

父王は、旧王都アイガイの劇場で、何者かに襲われ、殺された。それも、自分の眼前である。半生を戦場に捧げた父はやがてコリントス同盟を打ちたてた。長年の宿願であったギリシャ諸都市との融和をやっと整えた時に、四十六歳の王は非業《ひごう》の死を遂げたのである。つまり宮廷内にわだかまる門閥《もんばつ》闘争の毒牙《どくが》に倒されたのであった。

その暗闘《あんとう》の名残《なごり》は、今も一掃《いっそう》したとは言い切れない。現にかつて自分自身も危《あや》うい目にあった。常に、蠢動《しゅんどう》する何かが、身辺には感じられる日々でもある。

今ここで、自分も父と同じ運命にあうのか——いくつかの冷たい目が、アレクサンドロスの胸に浮かんでは消え、消えては浮かんだ。

それに、東征軍の動きが、敵方に敏感につかまれている気配《けはい》も、彼は感じ取っていた。たとえば、今回のこの最大の難事であったタルソスへの進軍も——。

タルソスの町へ来るには、タウロス山脈を越えねばならない。

しかもその山脈を越える時「キリキア門」と呼ばれる自然関門がある。これが何分にも狭い山峡《さんきょう》の道で、四、五人が肩を並べて通るのがやっとという長い隘路《あいろ》である。これを、夜間に乗じた行軍とはいえ、全く無抵抗、無傷で通過できたことが、アレクサンドロスには不思議であった。

もし高い山峡の頂《いただき》から、敵の石弾や矢玉が雨あられと降って来たら——手痛い打撃をうけたであろう。「キリキア門」を通過し、赫々《かっかく》たる朝日に光るキリキアの草原に出ると、全軍は喚声《かんせい》をあげたものだ。大麦、小麦、ごま、葡萄《ぶどう》の豊かな畑。

だが、なぜ、この関門を、敵は当地の将軍に放棄させたのか。なぜ、こんなにも無傷で――。

それは、単に幸運とするにはあまりに幸運すぎる。むしろ、アジアの深部へアレクサンドロスを誘い込み、前後の平野を焼いて四万の大軍の飢《う》えと疲れを増進させ、そのうえで一気に叩《たた》こうという策略ではあるまいか。現に、ここでも敵には焦土作戦の動きがたしかにあった――。

きっと何者かが、ペルシャと内通しているにちがいない。このことは、パルメニオンが繰り返し耳打ちしにきている。彼は、父とともに精鋭なマケドニア国民軍を仕立て上げた側近中の側近であり、大功労者である。この密書も、その彼が先着地から何事かをつかんでもたらした情報なのである。

しかし――フィリッポスは、自分の無二の友なのだ。幼《おさな》い日の想《おも》い出も、将来の誓いも、分かちがたく一つであった互いに親しい友である。

我が友の言葉と、側近の功臣《こうしん》の諫言《かんげん》と、いずれを選ぶべきなのか。

信ずるべきか、否か――。

アレクサンドロスの心の中は、迷いと熱病の二つの突風が重なりあって激しく渦巻いていた。疑おうと思えば、あれもこれも疑わしい材料として彷彿《ほうふつ》としてくる。その決定的なものが、今、フィリッポスが手にしている密書という一見《いっけん》動かしがたい証拠でもあった。

そして、フィリッポスを信じるためには――。

そのためには、文書という具象物《ぐしょうぶつ》を捨てて、もっとあいまいな、目に見えぬ抽《ちゅう》象物《しょうぶつ》――人間の心を信ずるしかなかった。フィリッポスの心、を。否、それ以上に、彼の心を信じようとする自分自身の心を。

（毒性の強い薬だと？……待て待て、彼が裏切るものかどうか、心を試《ため》すには、彼に薬の毒味をさせたらどうなのだ……いや、彼に毒味をさせるなど、そんなことをするくらいなら、いっそ口実を設けて服《の》まなければいい……だが、どっちにしても、それで〝友〟というものは死ぬのだ。たとえ彼の身は生きていても――）

アレクサンドロスの心は濁流《だくりゅう》となってとめどもなく回転した。

（いやいや、結局、私は自分の命が惜しいのか。我が身の可愛《かわい》さに、命欲《ほ》しさに、

自分の欲《よく》に浮かされて、真実を見分ける心が曇らされてはいまいか。どの道、死ぬかもしれないこの身なのに……。万が一、こっちが友を裏切ることになるのなら、それこそ死んでも償《つぐな》いきれない恥《ち》辱《じょく》になるのだ)

自分が彼を裏切るか、彼が自分を裏切るか――。

そして、生か、死か――。

(私は、王なのだ。全ギリシャの覇者《はしゃ》なのだ。かりに、杯を服まずして、事実は全くフィリッポスの誠心誠意から出た薬であることが分かったなら、自分の卑《ひ》劣《れつ》と臆病は、それこそ後世までの笑い草

だ……だが、王なればこそ、どうあっても生きねばならぬ）

彼は濁流のような心の中に一筋の太陽の光を見いだそうと必死であった。

（今目の前に置いてある薬が毒杯と知りながら服《の》んで一命を落とすとは、間抜けな王と指弾《しだん》されよう。それは犬死にと言われても致し方ない……だが、もし一つ誤《あやま》れば、私は、友よりも、王の面子《メンツ》を愛することになるのだ。友の命を見限って。……否、断じてそんなことがあってはならぬ）

アレクサンドロスには、とどまることを知らぬ無限の苦悶《くもん》と思えた。しかし、実際にはほんの数秒間の逡巡《しゅんじゅん》でしかなかったにちがいない。目くるめくさまざまな想念がこの一瞬間に凝縮《ぎょうしゅく》されて、複雑な心の回路を、彼は刹那《せつな》のうちに駆け巡ったのである。

部屋の片隅《かたすみ》の壁が、明かり皿の炎を薄あかく映《うつ》している。一瞬、館の四壁《しへき》を叩くように一陣の強風が吹《ふ》き荒《すさ》ぶと、その火影《ほかげ》は大きく揺らめいてフィリッポスの横顔を明るませた。

書面に見入る彼の目がきらりと光を帯びた。そして、今まさに、その目をアレクサンドロスの方へあげようとした。

その刹那——。

ふと彼は、一つの遠い声を聴いた。いや、聴いたように思った。

(友愛とは……)

それは、少年の頃、フィリッポスとともに聴いた恩師の声である。アレクサンドロスの胸の奥底にこびりついている師の声の記憶が、機に触れて呼び声となって耳に蘇《よみがえ》ろうとしていたのである。

(友愛とは……)

彼は、その後《あと》に続く師の言葉を記憶からたぐりよせようと懸命《けんめい》に心を凝らした。師の声の中に全ての回答があることを、彼は直覚していた。その言葉こそ自分の行く手を示す標《しるべ》であり、迷いの闇《やみ》を払う灯《ともしび》にちがいないと、瞬時に悟《さと》っていた。

遠い微《かす》かな呼び声の断片は、二度、三度こだまのように繰り返されるごとに次第に大きく、力強くなっていくのである。

遂《つい》に、明瞭《めいりょう》な師の言句《ごんく》が記憶に蘇って耳朶《じだ》に響《ひび》くと、彼は、はっと胸を突かれた。

そして、目をあげて、もう一度フィリッポスの顔を凝視《ぎょうし》した——。

（二）

若きアレクサンドロスの親友、フィリッポスがマケドニアの都《みやこ》ペラの王宮に参上したのは、十三歳の時である。

父親は、それ相応の官禄《かんろく》に恵まれた騎《き》士階級《しかいきゅう》の人であった。その父をフィリッポスは三歳にして病《やまい》で喪《うしな》い、それからは一人息子を夫の忘れ形見《がたみ》として慈《いつく》しむ母の手によって養育されてきた。

四、五歳の頃《ころ》から、フィリッポスはペラの町の、ある教師のもとに勉学に通《かよ》った。聡敏《そうびん》な彼は、礼儀作法《れいぎさほう》を呑《の》み込《こ》むのも、アルファベットをつづるのも、教師が語る説話《せつわ》を覚《おぼ》えるのも、やがてはホメロスやエウリピデスの詩文を朗読したり諳《そらん》じたりすることも、誰《だれ》よりも早く、巧《うま》かった。

計算にしても、教師から習うものはせいぜい分数の加乗《かじょう》ぐらいだったから、フィリッポスには造作《ぞうさ》なかった。

フィリッポスの学業における秀才ぶりはやがてあたりに聞こえるようになった。彼の暗誦《あんしょう》や明答がいかに教師の目を見はらせるものであるか——毎日、彼を教師の家まで送迎《そうげい》している召使《めしつか》いが、見てきたままを誇らしく母親に報告するのである。

ある日、宮中《きゅうちゅう》からの使者と名乗る男が、フィリッポスの家にやって来て、子どもを宮中に召《め》し上げたいという話をもたらし、母親を驚かせた。

「もったいなくも、皇子《おうじ》アレクサンドロス様の勉強相手として仕《つか》えるようにと、王家より格別のご恩命であるから、忠勤《ちゅうきん》を励むよう、必ず子どもをよこしてもらいたい」

母親の心が一瞬、葛藤《かっとう》したことは無理もない。

傍《かたわ》らのフィリッポスを抱きしめると、思わず涙ぐんだ。

だが、すぐに逡巡《しゅんじゅん》は消えていた。死んだ夫のためにも、何よりの誉《ほま》れにちがいなかったからである。

「心配にはおよばぬ。時には王宮から帰すこともあろうから。それに本当に勤《つと》まるかどうかは、これからのことだ」

使者の口調《くちょう》には一も二もなく承知させようとする強引《ごういん》さがあった。

日を改めて使者がフィリッポスの身を引きとりに来たのは、紀元前三四五年、明るい希望を包む春の末である。

フィリッポスは母と使いの男に伴《ともな》われて、午後の日差《ひざ》しに映《は》える明るい青葉まじりのペラの街筋《まちすじ》を歩いて行った。

やがて左右に衛士《えじ》が立つ王宮の入り口まで来た。

玉石《たまいし》をモザイク模様に敷《し》きつめた通路が、大扉《おおとびら》の奥へと通じている。この路《みち》を踏みしめていくと、どうなるのだろう――。壮麗《そうれい》をきわめた建物を仰《あお》ぎ見ると、フィリッポスは、胸が迫った。巨大なる石組みの屋根を支える正面の列柱《れっちゅう》も、見るからに重々しい。胸に少しずつ不安が募《つの》り、足がすくみがちになる。ようやく使者に促《うなが》されて、後《あと》を振り返りながら母と別れたのである。

宮中のようすは毎々《まいまい》、母から聴《き》かされてはいた。けれども母の話も多分に想像まじりで、実際の美しさと広壮《こうそう》さは、子どものフィリッポスにはまるで別天地である。うち続く大小さまざまの、美しい部屋や会議室らしい部屋。長い柱廊《ちゅうろう》。柱や壁に施《ほどこ》された、神々や動物や植物などの精妙《せいみょう》な浮《う》き彫《ぼ》り。それらに怖《おそ》るおそる視線を馳《は》せながら、フィリッポスは男についていった。

　とある部屋の前で男は立ち止まると、扉をあけ、フィリッポスを中に入れた。それは、四角な切り石を積んだ四壁《しへき》に、一つだけ窓がある小さな部屋で、寝台《しんだい》とやや大きめのテーブルとが、床《ゆか》のなかばを占めていた。

　そこが、フィリッポスに与えられた居室《きょしつ》である。

　やがて、別室へ呼ばれた。

　そこは、ゆるい丸天井《てんじょう》を幾本もの丈高《たけだか》い漆喰《しっくい》の側柱《そくちゅう》が支えている、空間の多い柱《ちゅう》堂《どう》であった。何のための部屋なのか、フィリッポスには見当《けんとう》がつきかねた。

「アレクサンドロス様がお出ましになるからな。粗相《そそう》のないように控《ひか》えておれ」

　男が、傍らに近寄って来て、言った。

　その言葉が終わるか終わらないかのうちに、中央の壇の背後《はいご》の扉が左右に開き、派手《はで》やかな衣装《いしょう》の女と、ちょうど自分ほどの背丈《せたけ》や年恰好《としかっこう》に見える男の子とが現れた。

「フィリッポス、か？」

女は、ちょっと吟味《ぎんみ》するような視線を、数段高い壇上から注いだが、すぐ華《はな》やいだ笑顔になった。それが王妃《おうひ》オリュンピアスであり、脇《わき》に立っている少年こそが皇子アレクサンドロスにちがいない。

「アレクサンドロスは今、二人の教師に学問を教えてもらっています。でも、もう少し勉強に熱が入るには、競争相手が必要だと教師達は言うのです。そこで秀才の評判が鳴《な》り響《ひび》いているあなたに、その役目を務《つと》めてもらうことにしました。アレクサンドロスは、少し孤独すぎます。友達が要《い》るのです」

オリュンピアスは、ゆっくりと語りかけた。その右肩にあつまる衣《ころも》は床をかすめるほど裾《すそ》も長く、美しく王妃の体《からだ》を純白の色で包み、まばゆいほどの品威《ひんい》を輝かせている。

「アレクサンドロス、さあ、フィリッポスにあいさつを――」

オリュンピアスは、そう言って傍らの我が子を促した。

フィリッポスは驚きで身が縮《ちぢ》まった。まだ自分がろくに名乗りやあいさつをしたかしないかも覚束《おぼつか》ないうちに、さっさと皇子が壇からこちらへ歩き出し、数段の石《せき》階《かい》を早足で降《お》りると、真《ま》っすぐに近づいて来たのである。

アレクサンドロスはうれしげに手を差し伸べた。

「フィリッポス、よろしくね、良い友達になってくれ」

フィリッポスも慌《あわ》ててもろ手を差し出した。そして皇子の目を見た。深い睫毛《まつげ》の奥に茶色の朗《ほが》らかな瞳《ひとみ》。雪白《ゆきじろ》といってよい美しい頬《ほお》が少し紅《くれない》に染《そ》まって、まるで大理石に切り刻まれたような、端麗《たんれい》な面立《おもだ》ちである。髪《かみ》も茶色で首をほんの僅《わず》か傾《かたむ》けているのは癖《くせ》らしい。

(この人が、マケドニア王国の世嗣《よつ》ぎとなる人、アレクサンドロス皇子……)

一瞬の緊張はあった。でも、手を握《にぎ》り合ったとたん、フィリッポスは一ぺんに心が晴ればれするのを感じた。

皇子は、十二、と自分の年を言った。フィリッポスは、ただ一つの年かさにすぎない。屈託《くったく》のない皇子の振る舞いが、境遇《きょうぐう》の全《まった》く違う少年同士の隔《へだ》てを、わけなく取り払ってしまった。

自分の部屋に引き取ると、フィリッポスは胸にほのぼのとぬくもりを感じた。テーブルに身をもたせかけるように座り、今あったことを想《おも》うと不思議な気がしてならない。皇子を間近に見たとたん、さざ波立っていた心が落ち着き、透《す》んでいったのはなぜだろう。自分の心が真っすぐ皇子に惹《ひ》きつけられてしまった。そんな皇子を好きになれそうだった。そして、どこまでも皇子の良き、忠実な従者《じゅうしゃ》たらんことを、自分に言い聞かせたのである。

その日から、フィリッポスは、宮廷《きゅうてい》の人となった。

二人にとって新しい青春の道が開かれ、光っていた。

アレクサンドロスとフィリッポスは、競《きそ》い合うように学んだ。

あの輝くように素晴らしきホメロスの詩に登場する英雄《えいゆう》達の名前を二人はスラスラと諳《そら》じていった。二人とも、このような記憶《きおく》は抜群《ばつぐん》であった。

今度はホメロスだけでなく、アリストファネスやアイスキュロスの戯曲《ぎきょく》が教材になった。それを交互《こうご》に対話するように朗々《ろうろう》と読み合ったり、有名な章句《しょうく》の暗誦《あんしょう》を競ったりした。

ホメロスのギリシャ語はかなり古いものであったから、文法や言葉を調べたり、覚えたりした。

幾何《きか》や算数や音楽の理論も、学科の一部であった。天文もあった。

それらの学科については、フィリッポスも皇子も、並々ならない能力を見せて、互いにひけをとらなかった。ところが、どうにもフィリッポスでは太刀《たち》打《う》ちできないものがあった。体育の教練《きょうれん》である。

一日のうち半日は学習に、半日は体育に費《つい》やされていた。当時、マケドニアでもギリシャの諸都市国家でも、青少年の肉体の鍛錬《たんれん》が、やがては優秀な兵士を育てるものとして重くみられていた。まして将来あるアレクサンドロスには、みっちりと教練が課《か》せられたのは当然であるといってよい。ところが、そんな厳《きび》しい教練がアレクサンドロスにはまさに水を得た魚で、天性《てんせい》の運動神経と筋力は、何をやっても遺憾《いかん》なく発揮された。

長い柄《え》の槍《やり》は、彼が投げると、うなりを生じて遠く真っすぐに飛び、みごと、的《まと》に突き立つのであった。

石投げも、フィリッポスの倍ほどの距離へと投じた。

矢を射《い》れば、皆みごとに命中した。

更に彼は跳躍《ちょうやく》する時は、獲物《えもの》に襲《おそ》いかかる獅子《しし》のように鋭《するど》い全身の発条《ばね》を見せた。

「どうだ、フィリッポス、勉強ではちょっと君に敵《かな》わないところもあるが、教練だけは負けないぞ。それに、私は誰にも勝《まさ》って強くなければならない。だって戦場を駆《か》けるのには、何よりも敏捷《びんしょう》さと体力が物をいうのだからね」

貴族や王族の子弟《してい》にとって、体育とはそのまま武芸《ぶげい》の鍛錬にほかならなかった。

それが終わると、アレクサンドロスは全身にオリーブ油を塗《ぬ》り、それをヘラで汗《あせ》や塵《ちり》とともにぬぐい落としながら、フィリッポスと言葉を交《か》わすのであった。

「はい、昔、英雄達も、皆そうやって鍛《きた》えたのでしょう。皇子のご一門は、ホメロスの詩『イーリアス』の英雄アキレウスを祖先にいただく血筋《ちすじ》。やがて今の鍛錬が必ず役立つ時がまいりましょう」

フィリッポスは、すでに青年のように隆々《りゅうりゅう》たる筋骨《きんこつ》の発達を示している皇子の肩や胸を見ると、文武《ぶんぶ》ともにそなわった非凡《ひぼん》さを感じないわけにはいかなかった。

「私は生来《せいらい》、丈夫《じょうぶ》な方《ほう》ではありません。とても皇子のお相手は務まりません」

「そうか」

アレクサンドロスは快活《かいかつ》に笑った。

「父上はね、私を、獅子の生まれ変わりだ、などとおっしゃることがある。それは母上が私を産《う》もうとしていた時のことだ。ある日、父上は不思議な夢を見たというのだ。獅子が天から駆け降りてきて、母上のお腹《なか》にすっと入ったのだという。それから間もなく私が生まれた。父上は、よくその話をされるのだ」

並んで腰掛《こしか》けにくつろぎながら、次から次へと移るアレクサンドロスの話に耳を傾けることが、フィリッポスには何よりの楽しみであった。

「こんなこともあった。君が宮中に来る少し前、私が十一の時のことだ。馬に乗るのは六つから覚えた。私は、馬が大好きで、可愛《かわい》くてしかたがない。ある日、商人が、馬を売りに来ていた。その中に毛色《けいろ》もつややかな黒駒《くろこま》が一頭いた。それを私にくれるという。ところが、どうしたものか馬は容易《ようい》に人を近づけようとせず、首を激しく打ち振り、後足《あとあし》を猛烈《もうれつ》に蹴《け》り上げるので、轡《くつわ》さえ摑《つか》まえる者がいない。そこで私が走り出て行って、さっと馬の動きをかいくぐり、手綱《たづな》を手繰《たぐ》ると、平首《ひらくび》を叩《たた》きながら太陽の方に向けてやった。すると、ピタリとおとなしくなった。なぜだか、分かるかい？」

フィリッポスは、かぶりを振った。

「それはね、馬は、自分の影を見て興奮し暴《あば》れていたのだ。太陽に向かって、影を見失ってしまった、それで馬はおとなしくなったというわけだ。素晴《すば》らしい乗《の》り心地《ごこち》がすっかり気に入って、ブケファロスという名前をつけてやった。私は、どんな悍馬《かんば》でも乗り馴《な》らしてみせるよ。ほら、あの馬さ」

アレクサンドロスは、体育場の向こうにある競走場を指さした。

遠くまで楕円《だえん》を描《えが》いている競走路があり、その一番手前の方に二頭立ての二輪の戦車が置いてある。その一頭は、たしかに黒い毛並《けな》みを光らせた若駒《わかごま》で、足元の草をゆったりと食《は》んでいた。

アレクサンドロスは、つかつかとその方へ歩いて行き、ひらりと跳《と》び乗った。そして、手綱を握るや、いきなり二頭の馬の尻《しり》にムチをくれた。

たちまち怖ろしい勢いで戦車は、競走路を巡りだした。

両側の車輪が、狂瀾《きょうらん》したように音をたてながら、砂塵《さじん》を蹴立てる。皇子は、と見ると、狭い車台の上で馬を駆り立てながら、少しも危《あや》うげがない。これでもか、これでもかとムチを振るいつつ、飛ぶように疾駆《しっく》していった。

風にはためくマントの金具《かなぐ》がキラキラと日にきらめくのが遠目に見えた。

（まさしく、英雄アキレウス……）

フィリッポスの手は、汗がにじみ、彼は思わず固唾《かたず》をのんだ。

愛馬とともに競走路を自在に駆ける皇子アレクサンドロスの姿は、さっそうと凛々《りり》しかった。皇子も、自分も、ホメロスの詩『イーリアス』を愛誦《あいしょう》し、とりわけ皇子は主人公アキレウスの武勇ぶりを好んだ。アキレウスの話となると、皇子はいつも心躍《おど》り、夢中だった。皇子は、あのアキレウスの再来に間違いない。そして、いつかきっと偉大な仕事を成し遂《と》げる王となるにちがいあるまい。

――フィリッポスは、胸の高鳴《たかな》るのを覚えた。

来《く》る日も来る日も、フィリッポスは、皇子のもとに忠実に仕《つか》えた。懸命《けんめい》にまた懸命に勉学に努《つと》めた。書物を広げたテーブルに突っ伏《ぷ》して眠ったまま、窓から射し込む朝日の光に起こされることも少なくなかった。

時は流れ、夏過《す》ぎ、秋逝《ゆ》き、冬が来た。

ある朝、フィリッポスは、目覚《めざ》めた寝台の上で、身に微熱《びねつ》を感じた。間もなく高熱が始まり、どっと寝込んでしまった。

ややかぜ気味《ぎみ》だったのを押して勤めたところに日頃《ひごろ》の緊張からくる疲れがつけ込んだのであろうか。

「十分に養生《ようじょう》してからでよいから」と皇子から見舞いの言葉が来て、教場《きょうじょう》に出かけられない日が重なっていった。

全身を悪寒《おかん》が襲《おそ》った。

不眠。そして何を食べても受け付けなくなり、彼はみるみる痩《や》せ衰《おとろ》えていった。

宮中に勤める医者が差し向けられて来た。が、何が障《さわ》ったものか、見当がつかない。

宮中はもちろん、町なかにも、疫病《えきびょう》流行の兆《きざ》しは見られない。

「肺炎らしい」という声もフィリッポスの耳に微《かす》かに聴こえてきた。

投薬、湿布《しっぷ》、放血《ほうけつ》手術と、さまざまな治療が試《こころ》みられた。が、医者は首をひねるばかりであった。

十日、半月と日数《ひかず》は過ぎても、フィリッポスの高熱はひくどころか、ますます病状は悪化する一方であった。時折、手足に震《ふる》えがきたり、弱々しく咳《せ》くほかは、彼は昏々《こんこん》と眠り続けた。もはや寝返りする力も残っていなかった。

フィリッポスの病床《びょうしょう》にアレクサンドロスが近づくことは、絶対に禁じられていた。

「何とかならないのか。病因は分からないのか?」

アレクサンドロスは苛立《いらだ》って、医者に問うた。

「それが何とも……。流行病《はやりやまい》でないとも言い切れません。決してお近づきになりませぬよう。とにかく一向に熱が下がるようすがないのでございます。こう高熱が続きますと……」

「大丈夫だろうか」

「…………」

医者は、弱々しくかぶりを振った。

「熱が下がれば、よいのか」

「さようです。熱さえとれますれば……。時々、うわ言を言うようになりましたが、それが危険でございます。意識のもうろうとした状態《じょうたい》を示すものですから」

「うわ言だって？　どんなことを言うのだ」

「そうでございますね……」

医者は、眉根《まゆね》にことさら皺《しわ》をつくって言葉を選ぶように言った。

「皇子様の名を呼びました。アレクサンドロス様、と」

「え、私の名をだって？」

アレクサンドロスの顔は、みるみる愁《うれ》いの色を濃《こ》くした。

「皇子の名より外には、何も申さないのです」

アレクサンドロスは、しばらく沈黙した。それから胸の奥底から吐《は》き出す大きな息とともに、沈痛《ちんつう》な声を発した。

「ああ、フィリッポス、そうだったのか。それはきっと、私と一緒《いっしょ》に慣《な》れない激しい教練や、心を張りつめた勉強に励んで、疲れきってしまったのだ。きっと、それにちがいない」

アレクサンドロスは、急に身を翻《ひるがえ》して、自分の部屋を出て行こうとした。

「どこへ行かれるのです？」

医者が、とがめた。

「フィリッポスのところへだ」

「いや、いけませぬ。悪い病気かもしれませぬ。大事なお体が、病に感じては……」

「いや、大丈夫だ。それより、仲間が死ぬかもしれない病に苦しんでいるのに、見殺しになど、できるものか」

そう言い捨《す》てると、アレクサンドロスは、押しとどめようとする医者の手を振り払い、フィリッポスの病室へと急いだ。

その時、病床のフィリッポスは、熱に浮かされた薄明《はくめい》の意識の中で、夢を見ていた。

——遠くかすかに、眩《まばゆ》い光彩を放つ騎馬姿《きばすがた》が現れていた。そして、こちらを目指して、ゆっくりと近づきつつあるように見える。その姿は、次第に大きくはっきりしていく。それは、青銅《せいどう》の鎧《よろい》や脇にかかえる大弓《おおゆみ》も勇ましい、一人の青年騎士であった。騎士は、気負《きお》い立つ黒駒にうち乗って、轡《くつわ》や武具《ぶぐ》を陽《ひ》にきらめかせつつ、大きく弧《こ》を描くように悠揚《ゆうよう》として天空を馳せている。

（ああ、英雄アキレウス……あれは、アキレウスだ……）

フィリッポスの混とんたる意識は、鮮《あざ》やかな騎士の影に引きつけられて、目覚めるように澄《す》んでいった。

突然、騎士は踵《くびす》を返して、自分の方へまっしぐらに駆けて来た。飾り毛も豊かなかぶとの中の顔《かんばせ》がぐんぐん近づいて来る。目を凝《こ》らしたフィリッポスは、思わず息を呑んだ。

いつも皇子と二人で夢見合い、想像し合ったアキレウスの目鼻立ちではなかった。それは、まぎれもない、懐《なつ》かしいアレクサンドロスその人の面影《おもかげ》であった。そして、皇子が激しく駆り立てる黒い天馬《てんま》も、まさしく皇子の愛馬ブケファロスにちがいない。

フィリッポスは、みるみる満身に力が湧《わ》いてくるのを覚えた。

アレクサンドロス様！——夢の中で、必死に叫《さけ》んでいた。

アレクサンドロスは、疲れ果て、痛々《いたいた》しく横たわっているフィリッポスの寝台の傍らに跪《ひざまず》いた。そして、手を差し伸べて、フィリッポスの片方の手にさわった。激しい熱が、指先からのぼってくる。もはや汗も枯《か》れたらしく、皮膚は乾《かわ》ききっていた。

その時、僅かにフィリッポスの唇《くちびる》が動いた。

「……アレクサンドロス様……」

確かに、そう言って、一瞬、病熱《びょうねつ》に潤《うる》んだ目を薄くあけた。思わず、アレクサンドロスは、フィリッポスの手のひらを、自分の両手の中に固く包んだ。

「フィリッポス、私だ。アレクサンドロスだ……」

フィリッポスは、微《かす》かに笑《え》みを頬《ほお》に浮かべたかに見えたが、また目を閉じた。皇子の言葉が聴こえたのかどうか、それは分からなかった。

その日も、次の日も、フィリッポスは、前後も知らない深い眠りにおちいったままだった。ただ、頬に赤みが蘇《よみがえ》り、熱が解《と》け始めている、実に不思議なことだが、助かるかもしれない、と医者は明るい顔つきで、アレクサンドロスに報告した。

約一カ月にわたり病床の身となっていた彼フィリッポスは、明るい回復《かいふく》の日を迎えた。そして、再び、教場に戻れる時も来た。

二人は、ひそかに末永《すえなが》く友であることを誓い合った。

ある日、アレクサンドロスが友に尋《たず》ねた。

「君は、こんなにも勉強して、何になりたいのだ」

フィリッポスは、真っすぐに友の目を見て言った。

「医者になりたいのです」

「医者に?」

「はい。どうしても立派な医者になりたいのです。私はもともと丈夫な体質《たち》ではありませんから、戦士には向きません。父を失ったのも、病のためでした。ですから、どんな病も治せる医者になりたいのです。それに、私の命は、皇子に助けていただきました」

「私に……?」

「そうです。アキレウスであるあなたさまに……。今度は、私が皇子をお助けしたいのです。どうか、いつまでも私をお側《そば》近く召し使ってくださいませ」

涙が、はらはらとフィリッポスの両頬を伝わった。

（三）

紀元前三四三年の春——。フィリッポスが王宮に奉公《ほうこう》して二年経《た》った頃、教場《きょうじょう》はにわかに賑《にぎ》やかになった。新しい生徒が二人、三人と姿を見せるようになったからである。彼らは、いずれもマケドニア国政の枢機《すうき》にあずかる貴族の子弟《してい》らであった。最終的に二十人ほどの顔ぶれになると間もなく、教場も王宮の外に移されることが知らされた。

彼らは皆、フィリッポスやアレクサンドロスと同じく青年期に移ろうとする年頃《としごろ》で、いわば激しい発芽《はつが》の時期にあった。次代のマケドニアの帰趨《きすう》は、若い彼らの成長一つにかかっているだろう。今を外《はず》しては、若芽《わかめ》らの確かな土台はつくれない——このことを最も思慮《しりょ》していたのは、時のマケドニア国王フィリッポス二世であった。

彼は、即位《そくい》してから十数年というもの、王都ペラに居《い》るよりも戦場に身を置く日の方《ほう》が多く、我が子アレクサンドロスと相会《あいあ》うこともまれであったが、それだけに自分の後継者《こうけいしゃ》をどう教育するかは、常に念頭《ねんとう》から離れなかった。外交にしろ、戦略にしろ、刻下《こっか》の問題に深い洞察力《どうさつりょく》を振るった彼は、次代《じだい》の布石《ふせき》をも疎《おろそ》かにしなかった。

自分の事業を、自分の一代で終わらせてはならない、いや国家百代の礎《いしずえ》を盤石《ばんじゃく》にしなければならない、そのための急所を、明敏《めいびん》な彼は、よく見抜いていた。皇子《おうじ》の教育を集団で施《ほどこ》して、皇子を支える将来の指導集団をここから生み出そうという考えに出たのである。

次代の指導者達にふさわしい学問と人間の感化《かんか》を与えられる人物は――フィリッポス二世の胸中には、一人の幼《おさな》なじみの面影《おもかげ》が温《あたた》められていた。

四月に入ると、アレクサンドロスらの一団は、新しい教場へと移っていった。

それは、ペラから少し南西へ寄ったミエザという丘陵地《きゅうりょうち》に所在していた。

ベルミオン山の麓《ふもと》にあたる、この一帯は、古くから〝ミダス王の園〟と呼ばれ、四季それぞれの美しい花や稔《みの》りの果樹が豊富であった。ミダス王の触れるもの全《すべ》てが黄金に変わっていったと言い伝えられていた。その故事《こじ》にふさわしく景観《けいかん》にも地味《ちみ》にも恵まれたこの地に、王家の別荘があり、それを皇子のために学問所として開いたのである。

「それにしても、新しい我々の師は、一体、どなただろう。皇子はご存じなのでしょう？」

新任の教師に誰《だれ》がなるのかは、少年達には一番気がかりでならなかった。ミエザへの道すがら、この問題に口火《くちび》を切ったのは、やがてアレクサンドロスの最も信頼する副将《ふくしょう》として、誠《まこと》の限りを尽くすであろう、ヘファイスティオンである。

「なんでも高名《こうめい》な学者が考えられていると聴《き》きますが」

プトレマイオスが口をはさんだ。二十年後の彼には、エジプト太守《たいしゅ》となって彼《か》の地《ち》にプトレマイオス朝を開く運命が待っている。

「さあ……当ててごらん」

「おや、それでは、やはりご存じなのですね……。まさか、フィリッポス君ではないでしょうね」

ペルディッカスが真剣な顔つきで言うと、フィリッポスは顔を赤らめて、下を向いてしまった。ペルディッカスは、アレクサンドロスの亡《な》き後《あと》、一たびは摂政《せっしょう》となって実権《じっけん》を握《にぎ》る人物である。

ほかに、フィリッポス二世の腹心《ふくしん》アンティパトロスの子息《しそく》カサンドロスや、マケドニア軍の最長老《さいちょうろう》パルメニオンの子息フィロタス、あるいは後《のち》に財政に手腕《しゅわん》を見せるハルパロスらの面々《めんめん》が、アレクサンドロスのまわりに結集された鳳雛《ほうすう》達であった。

フィリッポスは、これら選《え》りすぐられた貴族の子弟達と学問所で寝起《ねお》きをともにすることになった。彼が引き続き、このエリート集団に登用《とうよう》されたのは、その卓抜《たくばつ》した頭脳によったことは言うまでもないとしても、まず第一にアレクサンドロスの強い希望を父王《ちちおう》がいれたからである。

「それでは、ここへ発《た》つ前に父上から伺《うかが》ってきたことを皆に打ち明けよう。いずれ分かることだから。その人は、遠い所からペラに着いており、数日中にミエザの学問所に赴任《ふにん》することになっている」

「数日中に？　それでどなたが？……」

ヘファイスティオンが、せき込んで聞いた。ほかの少年達も、答えを聴こうとアレクサンドロスを取り巻いた。

「名は、ア・リ・ス・ト・テ・レ・ス……アリストテレス先生、だ。さあ、皆、驚いたろう」

「えっ、あのアテナイのアリストテレス先生ですか。これは驚いた。あの大先生が、我々のために……」

「その通りだ」

ヘファイスティオンは、襟《えり》を正《ただ》して急に真面目《まじめ》な顔つきになった。ほかの者も、呆気《あっけ》にとられたように顔を見合わせている。その時、フィリッポスは、思わず心のうちで快哉《かいさい》を叫《さけ》んでいた。

——ああ、何という幸運だろう。当代随一《とうだいずいいち》の大学者に従学《じゅうがく》できるとは……。

ミエザまで三日間にわたる旅のあいだ、未見《みけん》の師、未知の学園生活を巡って、喜びと緊張《きんちょう》の入りまじった少年達の話や笑いさざめきは絶えなかった。

アリストテレスの一門は、医神《いしん》アスクレピオスの末裔《まつえい》とされ、代々が医家である。彼の生地《せいち》、カルキディケ半島のスタゲイロスは、地理的にも近接しているマケドニアの支配下にあった。そして彼の父ニコマコスは、フィリッポス二世の父、つまりアレクサンドロスの祖父にあたるアミュンタス三世に侍医《じい》として忠勤《ちゅうきん》し、良き友人でもあった。

そんなマケドニア王宮とのよしみから、一家はペラに移り住み、幼《おさな》いアリストテレスも同じ年頃にあたるフィリッポス二世をはじめ王家の人々と親しく交《まじ》わり、王宮の空気を存分に吸《す》ってもいたのである。

幼くして父母を失ったアリストテレスは、同じく医者である親戚《しんせき》の手に養育されつつ勉学に励《はげ》んだ。とりわけ学者として盛名《せいめい》をなしていたプラトンの多くの著作《ちょさく》に親しみ、やがてその学徳《がくとく》を慕《した》ってギリシャのアテナイへとのぼる。叩《たた》いた門は、プラトンの学園アカデメイアであった。

彼は、師のプラトンから自分の住居《じゅうきょ》を「読書家の家」と呼ばれるほどに、寸暇《すんか》を惜《お》しんで学問に没頭《ぼっとう》した。学徒《がくと》として、後には教師として、プラトンが没《ぼっ》するまでの二十年の長きを、この学園で送ったのである。


時あたかもアテナイの政情《せいじょう》は、反マケドニア党が大勢《たいせい》を制《せい》しつつあった。智略《ちりゃく》にたけたフィリッポス二世は、もう十年近くにもわたりエーゲ海辺のギリシャ都市国家を攻略《こうりゃく》し、あるいは巧《たく》みな外交駆《か》け引《ひ》きをもって籠絡《ろうらく》するなどしながら、支配《しはい》圏《けん》をじわじわと広げつつあった。自然、ギリシャの盟主《めいしゅ》をもって任ずるアテナイと、その北方のマケドニアとの関係は、常に緊迫《きんぱく》したものがあった。

マケドニアの影《かげ》を負《お》うているアリストテレスは、やがてアテナイを去った。彼の心の中には、幼少時を過ごしたペラの王宮や王家の人々の想《おも》い出が忘れがたく瞬《また》いていたにちがいない。いわば第二の故郷であるマケドニアへの烈《はげ》しい攻撃《こうげき》が、彼には耐《た》えがたかったのである。彼は小アジアの北部地方にあるアッソスという小都市の王ヘルメイアスに招聘《しょうへい》されるままに旅立った。

ヘルメイアスは、学問を好んだ盟主であった。アテナイのアカデメイアを訪《おとず》れて学んだこともあり、いわばアリストテレスとは同門の間柄《あいだがら》であった。アリストテレスを招《まね》いたのは、文運《ぶんうん》をもって国づくりを運ぼうという彼なりの理想があったからである。ほかにもアリストテレスの弟カッリステネスをはじめ有数の学者がこの地に招かれて、この小アジアの片隅《かたすみ》に第二のアカデメイアが開かれたかのような観があった。

アリストテレスは、ヘルメイアスの武力よりも学問を尊《とうと》ぶ、尚文《しょうぶん》の気風を愛した。二人は互いに揺《ゆ》るぎない敬慕《けいぼ》を分かちあい、やがてアリストテレスが王の養女《ようじょ》ピュティアスと婚《こん》するまでになった。

三年ほどしてアッソスがペルシャ軍に攻撃されるところとなると、アリストテレスはレスボス島に戦火《せんか》を避《さ》けた。フィリッポス二世から皇子アレクサンドロスの教育を委嘱《いしょく》されたのは、ここに一年余り逗留《とうりゅう》していた折《おり》のことである。

それは、何よりも二人の浅からぬ因縁《いんねん》によるものではあったが、もう一つ、ヘルメイアスとフィリッポス二世との近しい間柄も無視できない。

フィリッポス二世の胸中には、早くから小アジア制覇《せいは》の夢が芽《め》ばえていた。アッソスは、その小アジアの内側にあり、ペルシャ帝国への橋頭堡《きょうとうほ》とするには格好《かっこう》の要地《ち》である。フィリッポス二世とヘルメイアスとの間には、ひそかに反ペルシャ軍事同盟の工作が進められていた。

そのヘルメイアスの後押しもあったことであろう、アリストテレスは、第二の故郷に赴《おもむ》く喜びを胸にひそめて、マケドニアへの旅にのぼった。

この時、彼は四十一歳であった。

アリストテレスは少年達の憧《あこが》れの人物であった。少年達は、このプラトン門下の最優秀の彼のことをさまざまに心に描いていたにちがいない。そのアリストテレスを若き彼らは学問所で迎えた。

はだけた右肩や腕《うで》、そして長い衣服のすそからのぞく足は清らかにやせ、背丈《せたけ》が高く見えた。少し物案《ものあん》じ顔で、彫《ほ》りが深く目が細い面立《おもだ》ちは、少年達には木彫りのような硬《かた》さを感じさせたにちがいない。しかし、澄《す》んだ目と口もとは微笑《びしょう》をたたえたようなやさしさがあり、それが頬《ほお》を硬くしていた彼らをすぐ安心させた。

新しい教師は、生徒の緊張をほぐすようにおだやかに語りかけた。

「まあ、皆で外に出てみよう。ここは実に美しい所だ。それに君らには、まだむずかしい学問は無理かもしれないし、若い人は何か味つけをした教授法でないと、飽《あ》きやすい。だから、ここでの授業は、朝露《あさつゆ》の間は外を歩きながら語り合い、日が高くなったら中に入って講義をすることとしよう。さあ」

立っていた彼は、そのまま部屋の扉《とびら》から明るい外光の中へと歩いて行った。

生徒も起《た》って、続いた。

折からミエザの村は、初草《はつくさ》の頃《ころ》であった。晴れきった青空のもとに一望《いちぼう》限りない草原《そうげん》がどこまでもやさしく起伏《きふく》して、彼方《かなた》の緑の丘肌《おかはだ》へと連なっている。草間《くさま》にのぞく可憐《かれん》な花々は絵のように綾《あや》を織《お》り、野飼《のが》いの牛や羊《ひつじ》が点々として草を食《は》むさまも美しかった。

丘の向こうには、青く霞《かす》んだベルミオン山が見える。

学問所といってもさして大きなものではなく、がらんとした教室が一つあるだけで、四角な石造りの屋蓋《おくがい》を持つ建物であった。その裏手にまわると、寝所《しんじょ》や食堂などからなるやはり四角な屋根の二階建ての別棟《べつむね》があり、それを過ぎると、草道がゆるやかな弧線《こせん》を描いて延びている。道の片側はオリーブや葡萄《ぶどう》やいちじくなどの果樹の林があった。そして片側は丸や四角のさまざまな花床《はなどこ》で飾られ、道の先は木深《こぶか》い森の奥へと消えている。空をしのぐほどの高さをなしている松や樫《かし》の木群《こむれ》を抜けると、ゆるゆると岸の草を洗う小川のほとりに出た。その水とともにくだっていけば、学問所が遠くに見える草原にいたり、そこから真《ま》っすぐ草を踏みわけて帰るのである。

緑道にしたがって、小半時《こはんとき》も歩いたであろうか。アリストテレスがふと足をとめて、傍《かたわ》らの頃あいな自然石に腰をおろした。

そこで彼は、最初の講話《こうわ》を、つとめて平易《へいい》な言葉をもって始めた。

「皆は、これから多くの学問を積むべき年頃だ。皆の若い、しなやかな精神は、どんなに学問を詰めても詰めすぎることはない。いや、学問とともに、精神はどこまでも広く豊かにふくらんでいくのだから、今は真剣に学ぶことだ。私も、できる限り教えよう。ただ、私は、学問のための学問は教えないつもりだ。何のための学問か――。それは、正義、信義、友愛、勇気といった人間の徳《とく》（アレテー）のためだ。真につかむべきは学問そのものではない。行為のため、知恵《ちえ》と決断のために学ぶのだ。だから君らにとって最善の学校は、世の中であり、人生であり、戦場だといえる。やがて君らは世に出て人々のために働く時が来る。その時のために、うんと学んでほしい」

それだけのことを言うと、アリストテレスは腰を上げた。この日は、教室での勉強はなかった。

翌日から毎朝、散歩に出ることが教師と生徒の日課になった。

やがて新しい教師も三人ほど着任して、アリストテレスを助けるようになると、学科も多種多彩になっていった。幾何《きか》、天文、動植物、政治、倫理《りんり》等である。日数《ひかず》が過ぎ、慣れてくると、ややもすれば生徒の中には退屈《たいくつ》まぎれにいたずらし合う者も出てくるようになった。授業の内容が、少年達には、やや高度すぎたのである。そんな時、アレクサンドロスはフィリッポスを顧《かえり》みて苦笑することがあった。

フィリッポスは、いつも一番後ろの席に控《ひか》え目《め》に座っていた。彼には、皇子のしるしである金箔《きんぱく》のヘアバンドを髪にいただいたアレクサンドロスの熱心な後ろ姿がよく目についた。なかでも皇子が最も心を引き立てて全身を耳にするのは、アリストテレスがホメロスの叙事詩《じょじし》『イーリアス』を講ずる時であった。フィリッポスには、よくそれが分かる。フィリッポスの目には、武具《ぶぐ》に身を固めたアキレウスがそこに居《い》るかのようであった。

少年達は朝を待った。「ミダス王の園」の清麗《せいれい》な朝、逍遥《しょうよう》がてらの聴講《ちょうこう》に時を移すことを、何よりの楽しみとしていたからである。アリストテレスは、主に倫理学の骨格を、やさしくかみくだいて彼らに語った。

「幸福を求めない者は、ありえない。それは人間が求める究極のものといえるだろう。でも、幸福は望んでも、幸福を見定めることはむずかしい」

右手に葡萄畑《ぶどうばたけ》が一面に開けて、輝かしい朝の日を浴《あ》びている。

「幸福は、見せかけの現象のみをもって測《はか》ることはできないものなのだ。人はある時は幸福そうに見え、ある時は不幸そうに見えることがある。人を取り巻く環境はさまざまであり、長い生涯のうちには、そういう浮き沈みはあるものだ。その浮き沈みは、幸運とか不運とかともいえる。その折々の運・不運のみに目を奪われて人を見てしまうと、その人はある時は幸福であり、ある時は不幸であるということになる。だが、それでは一人の人間の幸・不幸は、まるでカメレオンのように変幻《へんげん》してしまうことになるだろう。そうではなくて、幸福とは、そういう運・不運に煩《わずら》わされない、もっと深いところにあるものなのだ。運・不運は、相対的なものだ。本当の幸福とは、絶対的なものでなくてはならない」

平易さを心がけた語り口が、明らかに少年達を惹《ひ》きつけていた。

アリストテレスの講義は続いた。

「ところで人間本来の在《あ》り方を究極的に実現しているものを徳と呼ぶ。それは、人間が最もよく人間らしくある特質や状態であるといってよい。この徳に則《のっと》って心を働かせ、徳を目指して活動すること、徳に反しない在り方であること。そういう生き方なり努力を行うところに、幸福はあると考えられる」

彼は草原の彼方をじっと見つめながら言葉を切った。そして生徒達の顔に目を移し言葉を続けた。
「そのような努力が、ある一時だけ行われるようなものであっては、当然、その人は幸福であるとはいえない。短い日々だけの努力ではなくて、持続が大切なのだ。すなわち、徳に則った生活を、生涯《しょうがい》にわたって続ける人、そこに自分の生を投ずることのできる人――そのような人を、幸福な人ということができるだろう」
彼は静かに立ち上がると、再び透《す》き通《とお》った声で生徒に語りかけた。

「この持続性を実現するためには、人生に生起《せいき》する運・不運に左右されることなく、歩むべき道をどこまでも歩み貫《つらぬ》くことが必要になる。たとえ大きな不運があっても、大義や信念のために耐えしのび、生涯にわたって徳を追求しゆくところにこそ幸福はあるのだ」

小川の草土手《くさどて》の方へと歩みを移しながら、彼は語をついだ。聴き耳をたてて行くと、自然に皆の歩調もそろっていた。

「さて、『徳』というものはけっして生半可《なまはんか》な努力や意志では達し得ないものである。自身との戦いなしには、徳もあり得ない。時には、苦痛さえ伴《ともな》うだろう。それは、我々の精神がほしいままにあらしめておくことは最もやさしく、これを抑制《よくせい》して理想的な状態にあらしめることの困難さがあるからだ」

彼の言葉は静かな口調《くちょう》の中にも力強い響きがあった。生徒達の目は輝き、一語も聞きのがすまいとしている。

「例えば『勇敢《ゆうかん》』という徳——。『勇敢』の両極には『臆病《おくびょう》』と『無謀《むぼう》』がある。勇敢が不足しているのが臆病であり、勇敢の度が過ぎているのが無謀ということになる。人間の精神は、臆病や無謀にとかくとらわれ、陥《おちい》りやすいものなのだ。弱い心の持ち主は、こうした傾向に容易《ようい》に赴くだろう。この臆病と無謀の中間にあるのが、勇敢という徳なのだ。かくして、徳というのは多すぎも少なすぎもしない『中庸《ちゅうよう》』に存している」

かすかな水の音がする。近づくと、昨夜の雨で水はみなぎり、土手の草を噛《か》んで流れていた。アリストテレスは川筋《かわすじ》に目をやりながら、なお淡々《たんたん》と語った。

「中庸すなわち『徳』を目指すことは容易ではない。良きことを成《な》すには苦しみが伴う。悪《あ》しきことには快楽が伴うものだ。しかし、苦しみと楽しみとの本当の意味を取り違えてはならない。苦しみの中にこそ本当の楽しみがあることは多いのだ」

時には、生徒が問いかけた。

「先生、『徳』のうちでも最高最善のものは何でしょうか?」

アリストテレスは、徳目《とくもく》のいくつかを挙《あ》げていった。『勇敢』、『節制』、『真実』、『親愛』、『寛容』、『正直』……。

「しかし『正義』こそはあらゆる徳目のうちでも最も重要であろう。いわば『完全な徳』といえる。とりわけ『正義』とは、自分の行いにとどまるだけでなく、他人にこれを及ぼすことができるから、優《すぐ》れた徳なのだ。すなわち、共同体や同胞のために発揮すべきが正義である。だから、やがて指導者に育ちゆく君らにこそ大切な徳といえるだろう」

広い草原に道が開けて、彼方に学問所が見えるところで、彼らの聴講は終わるのであった。

（四）

ミエザの野の葡萄畑《ぶどうばたけ》がいくたびか豊かな実りを見せて、逍遥《しょうよう》の道を年ごとに彩《いろど》った。

ある秋も深い日、国王フィリッポス二世が学問所にやって来た。近くの森での狩《しゅ》猟《りょう》が目的であった。学問所に起居《ききょ》する少年達を従《したが》えて行こうというのである。

狩猟と聞くと、彼らの目は生き生きと輝きを帯びた。

「ありがたい。ようやく一人前になれる機会が来たぞ」

血《ち》の気《け》の多いヘファイスティオンが、腕をさすって言った。

「一人前とは……？」

「おや、フィリッポスは知らないのか。このマケドニア王国では、貴族の息子達は、仕掛《しか》け網《あみ》を使わずに猪《いのしし》を仕留《しと》めて初めて一人前の男と認められるのだ。それまでは、宴席《えんせき》でもまともな席にはつけないのだぞ。いや、必ずこの手で真《ま》っ先に獲物《えもの》を……」

「ヘファイスティオン、そうはいかないぞ。一番手柄《てがら》は、こっちだ」

剛勇《ごうゆう》では、ひけをとらないカサンドロスがさえぎって言った。

「まあ、それよりも何よりも、王が我々を晩餐《ばんさん》にお呼びだ。打ちそろって参上《さんじょう》することにしよう」

いつもまとめ役のプトレマイオスが先頭に立って、王の居室へと向かった。フィリッポスが王に謁見《えっけん》するのはこれが初めてであった。大国の政治と兵馬《へいば》の権《けん》の全てを掌中《しょうちゅう》に握《にぎ》る人物に会うのだと思うと、身が固くなった。

笏《しゃく》を片手にして、二、三の従者とともにあったフィリッポス二世は、歴戦の強者《つわもの》の威風《いふう》をそなえた偉丈夫《いじょうぶ》である。日焼けした頬《ほお》やあごには傷がいくつも残り、片目《かため》は戦場で失っていた。残る目は皇子《おうじ》と同じ深い茶色をしている。

王の相貌《そうぼう》が「完全なギリシャ人」と言われていることはフィリッポスも聞いてい

たが、もう少し若くすれば皇子と瓜《うり》二つ。肌《はだ》白さを母オリュンピアスに負《お》う外《ほか》は、皇子の引き締まった口も、中ほどが少し節高《ふしだか》い鼻柱《はなばしら》も、ま深い眼窩《がんか》も、父王《ちちおう》の顔を享《う》けていた。

その夜は、王とともに大きな食卓を囲み一同団欒《だんらん》しながら、話に花が咲いた。王は、たくましく育った貴族の子弟《してい》らと久し振りに会って、うれしげに杯《さかずき》を重ねた。

「皆、ここでの生活はどうだ？　風景もよし、静かで、勉強に打ち込めるだろう。実は、ペラの都《みやこ》は、学問の都とすべく私も力を入れてきた。たくさんの文人や高名な哲学者も集まっている。医者や絵描《えか》き、建築家、そのほか当代一流の職人達を、ギリシャ諸都市から呼び集めもした。とくに名望《めいぼう》第一のアリストテレス先生がマケドニアにおられる。これほど文運《ぶんうん》盛んな都は、アテナイのほかはあるまい。いやアテナイをも凌駕《りょうが》しているかもしれない。しかし――」

言葉をとめた王の表情に暗い影が走った。

「しかし、ペラの宮廷《きゅうてい》は、君ら若者が学ぶのにふさわしい場所ではなくなった。それは兵馬争乱《へいばそうらん》の世の中だから、宮中《きゅうちゅう》の政治が騒《さわ》がしいのはやむをえないが、それだけではない」

一同の食事の手がとまった。

王は、思いをペラの都に馳《は》せながらポツリと語った。

「このところ、宮中には不穏《ふおん》な動きがあるように感じられてならないのだ」

それきり王は、しばらく口をつぐんでしまった。重たい空気がその場を覆《おお》った。

ややあって、王自身が沈黙《ちんもく》を破った。話題を転じようとしたのである。

「ペルシャのアルタクセルクセス三世とは、三年前に相互不干渉《そうごふかんしょう》の約束を取り交《か》わしてある。しかし、ペルシャがいよいよ行動を起こした。ペルシャ軍がアッソスを攻撃して、私の親しい友でもあり、アリストテレス先生の義父でもあるヘルメイアス王を捕《と》らえたのだ。ヘルメイアスは、遥《はる》かペルシャの王都スサへと連れ去られたらしい。それは、私に対する真っ正面からの挑戦状にほかならない。平和友好の取り決めを、向こうから破棄《はき》してきたのだから。ひと月ほど前の出来事だが」

事件は、すでに生徒の家族からも学問所に報《しら》せがもたらされていた。

「我々も聞き知って心を痛めておりました」

プトレマイオスが言った。

「そうか。それにしても……」

王は、またも面差《おもざ》しに憂色《ゆうしょく》を濃《こ》くし、やや沈思《ちんし》してから、口を開いた。

「やがて、腹心《ふくしん》となろう諸君らだから、明かすことにしよう。どうも、奸臣《かんしん》の動きがあるらしい。ペルシャ側に、マケドニア王宮の動きを漏《も》らしている者があるようだ。その結果が、突然のアッソス征略《せいりゃく》となったにちがいない」

一同は、唖然《あぜん》として顔を見合わせた。

「ともあれ、ペルシャの領する小アジアからは、狭いヘレスポントス海峡《かいきょう》を一つ越えれば、すぐにマケドニアだ。それに精強なペルシャ海軍をもってすれば、エーゲ海をも難なく渡って攻め寄せて来れよう。先んじてペルシャを討《う》つことができれば良いのだが、問題はアテナイをはじめとする南のギリシャ諸都市から背後を撃《う》たれぬよう手だてができるか、だ」

こもごもペルシャの脅威《きょうい》を語る王を、若者達は緊迫《きんぱく》した面持《おもも》ちで凝視《ぎょうし》していた。

「ヘルメイアスが無事であれば良いが……」

しきりに王は、小アジアの友人の安否《あんぴ》を気遣《きづか》った。

夜も更《ふ》け、一同はそれぞれの部屋へ戻った。しばらくして、ヘファイスティオンとプトレマイオスが、フィリッポスの部屋にやって来た。三人はテーブルの周りに顔を寄せ合った。

「さっきの国王の話だが、奸臣とは誰《だれ》だろう」

ヘファイスティオンが、二人の顔を交互にのぞきこんで言った。

「国を売り、仲間を裏切るなんて、許せないことだ」

大きく息をついて、プトレマイオスが相槌《あいづち》を打った。

「私には、どうも気になる人物がいる」

ヘファイスティオンが急に声を落として言った。

「うん。我々の懸念《けねん》がどうやら本当らしくなってきた」

以前から二人は、宮中の動静《どうせい》について意見を交わしていたらしかった。二人とも、日頃《ひごろ》からフィリッポスの学業や人物に敬服《けいふく》しており、時折《ときおり》この部屋で心を許して話し込んでいくことがあった。

「フィリッポスには分からないだろうが、ペラからの一、二の手紙に触れてあったのだ。ほら、あのアッタロス将軍のことだ」

アッタロスなら、フィリッポスも宮中で見かけたことがある。記憶に浮かぶ顔には、これといった特徴はないが、ただ、目付きがどことなくどんよりとしているのが気にかかった。

悲憤《ひふん》に堪《た》えないといった面持ちで、プトレマイオスが言った。

「アッタロス将軍というのは、宮中の鼻つまみ者でね。パルメニオン将軍の姻戚《いんせき》ということで一応の大貴族だが、とかく権門家《けんもんか》ぶって傲慢《ごうまん》な男なのだ。表面は平静さを装《よそお》っているけれど、底にある人格の崩壊《ほうかい》ぶりは、どうにも隠せない。宴飲《えんいん》の席では、だらしなく酔いつぶれるし、昼間から酒の臭《にお》いをぷんぷんさせている。自分に都合の悪い人物を見れば、その弱味や恥辱《ちじょく》となりそうなことを嗅《か》ぎだしては暴《あば》き立てて陥《おとしい》れようとする。まるで塵塚《ちりづか》を鼻でかきまわす犬のような男なのだ。そういう下品な嗅覚《きゅうかく》を、下品とも気付かないで、かえって自分の得意としている。根が奸《かん》佞《ねい》な人間だからね」

ヘファイスティオンも深くうなずいた。

「そういう人間に限って、まことは幼児《ようじ》っぽくて、小心《しょうしん》なものだ。だが、単純な人間ほど、ある意味では怖《こわ》い。何をしでかすか分からないからな。彼は、どうも、皇子の母君オリュンピアス様を恨《うら》んでいるらしい。そこが心配の種《たね》だ」

「え、皇子様の……」

息を詰めて二人のやりとりを見守っていたフィリッポスが初めて口を開いた。

「うん。もともとオリュンピアス様は生粋《きっすい》のマケドニア育ちでない。西隣の王国エペイロスの王族なのだ。エペイロスは、マケドニアと比べれば辺境だの蛮地《ばんち》だのといわれている。アッタロス将軍は、王妃《おうひ》の出自《しゅつじ》に目をつけて、貴族の間にひそかに反感を煽《あお》り立てようとしているらしい節《ふし》が見える」

ヘファイスティオンは、テーブルに置いた手のこぶしを固くして話を続けた。

「オリュンピアス様にも、皇子にも、何事もなければよいが……いや、断じてそうさせてはならないのだが」

「皇子様の身にも危険が……？」

フィリッポスは、思わず身を乗り出した。

「うむ。もしオリュンピアス様を陥《おとしい》れようというのなら、狙《ねら》いは世嗣《よつ》ぎだ。何らかの形で皇子をなき者にしようと画策《かくさく》してくるだろう。だが何か事があれば、乱臣どもめ必ず倒《たお》してやる」

プトレマイオスが気負《きお》い立って言った。

「それにしても、国王がペルシャ征討《せいとう》を念願されているらしいことは、はっきりした。我々もいつかアジアを戦場にするかと思うと腕が鳴《な》るわ」

「ペルシャ、か。強大な相手だな」

武人の卵らしい二人の話を、フィリッポスは黙って聴《き》いた。

二人が立ち去って独《ひと》りになると、フィリッポスの胸は立ち騒いだ。寝床《ねどこ》にもぐり込んでも、ミエザの野の森閑《しんかん》とした夜気《やき》が身に迫って、頭は冴《さ》え返るばかりであった。

ふと、皇子の顔が想《おも》い浮かんだ。フィリッポス二世がペルシャ討伐《とうばつ》を仄《ほの》めかした時のあの熱い眼差《まなざ》し——。そして更に、ある朝の逍遥《しょうよう》がてらの聴講《ちょうこう》のようすが、夢のように脳裡《のうり》に蘇《よみがえ》った。

フィリッポスは、はっと思った。

――――

その時、皇子は師のアリストテレスに尋《たず》ねた。

「先生、帝国ペルシャのその向こうについて、すなわち、世界の果てについて教えてください」

「お教えしましょう。アルタクセルクセス三世が治《おさ》める広大なペルシャ帝国。それがアジアと称《しょう》される地であります。その東北方の境界にパルパニソス山脈があり、字義《じぎ》通り空飛ぶ鷲《わし》よりも高いというこの山脈の上に立つと、大洋が見えるのです。星々はこの大洋の流れより昇り、大洋の流れに没します。大洋に至《いた》るまでの見渡す限りの大地をインドと申します。手前にはインダスという、エジプトのナイルにつらなる大河が流れております。が、このインダスより向こうは、恐らくペルシャの者も踏み入ったことはないでしょう」

師はそう答えた。

「パルパニソスの山頂に立てば、世界の果てが見えるのですか？」

「その通りです」
「インドが、世界の果て――」

――――

その時の、皇子の眼《め》の光。何か烈《はげ》しい憧憬《しょうけい》の炎が燃えているような――それは、東方への遠征を語る父王を見つめていた眼差しと、そっくり同じではなかったか。

何かが、皇子の胸中に回転し始めていた――。

教室でもふと手を休めて遠くを見るような目をしたり、目を閉じてじっと物思いにふけっていたり、時には何かに憑《つ》かれたように激しく馬を飛ばして野を駆《か》け抜けていくようなこともあった。

(アレクサンドロス様は遠い所へ行ってしまわれるのだろうか……それにしても、ペルシャに捕らわれたヘルメイアス王のお身《み》は……)

フィリッポスは、一睡《いっすい》もできないまま黎明《しののめ》の光を見た。

明けて、国王は何事もなかったかのように生徒達を従えて狩猟に一日を過ごし、ペラをさして帰っていった。

それから数日後のことである。

「先生がお帰りだぞ」

アリストテレスの帰着を教える快活な声が表に聞こえた。

皆、一斉《いっせい》に駆け寄っていったが、ひと月ぶりで相見《あい》る師のようすがいつもと違うのを感じ取っていた。見るからに憔悴《しょうすい》しきって、目にも声にも力がなかった。何か重大な異変があったらしいことは、若い彼らの眼に敏感に映っていた。

アリストテレスは教壇《きょうだん》に立ち、重たげに口を開いた。

それは、衝撃的な内容だった。

「私のかけがえのない友人が死んだ。……いや、殺された。友人であり義父でもあるアッソスのヘルメイアス王が、ペルシャ王の手によって処刑《しょけい》されたのだ」

一瞬、教室の空気が凍《こお》りついたように張《は》り詰《つ》めた。

ややあって、がたりと椅子《いす》を高鳴らせてヘファイスティオンが起《た》ち上がり、叫《さけ》んだ。

「先生、本当ですか？　先生のお義父上《ちちうえ》が捕らえられたことは知っておりましたが……、殺されたとは……卑劣《ひれつ》な奴《やつ》らめ」

ほかの者も席を蹴《け》って、教壇を取り囲んだ。

「拷問《ごうもん》の末に、磔《はりつけ》にされたのだ」

「ええっ、磔に……」

唸《うめ》きにも似た声が、教室を揺《ゆ》るがせた。

「私は、故郷スタゲイロスからペラに立ち寄って来たのだが、前日、その報《しら》せが王宮に届いていた。フィリッポス様も、落涙《らくるい》しておられた。そして、このミエザには私から報せるように、と仰《おお》せであった」

「拷問だと？　磔刑《たっけい》だと？　たとえ捕らえても、一国の王らしく待遇《たいぐう》するのが当たり前だ。何という、非道な」

いきり立った怒声《どせい》が次々にあがった。

「だが、ヘルメイアス殿は、見事に、潔《いさぎよ》い最期《さいご》を遂《と》げられた。死の瞬間まで、自己の信念を曲げることはなかった」

アリストテレスの語調は常と変わらず、つとめて落ち着き払っていた。

「しかし、何のために拷問など……」

プトレマイオスは、涙声になっていた。

アリストテレスは、声を鎮《しず》めて言った。

「真実を語っておこう。皆のためにも、それが良いことだから」

彼のまわりに集まった瞳《ひとみ》はいずれも目縁《まぶち》を濡《ぬ》らし、嗚咽《おえつ》を懸命《けんめい》にこらえる者もいた。

「私がここに赴任《ふにん》して来た頃《ころ》、マケドニアとアッソスの間には、ひそかに同盟の話が進められていた。私も、それを知らされてはいた。アッソスは常に強大なペルシャ軍の鉾先《ほこさき》に接している。助けをフィリッポス王に求めていたのだ。だが、どうしてこの密約《みつやく》が漏れたものか、ペルシャの探知するところとなった」

ヘファイスティオンが、思わず叫んだ。

「そうだ！　アッタロスのしわざだ！」

「しっ、静かに」

まわりの者が、たしなめた。

「アッソスは素早《すばや》く攻略され、王は虜囚《りょしゅう》となって、遥か東方のスサへ護送《ごそう》された。この報《しら》せはアテナイの反マケドニア党の連中をも大いに喜ばせたらしい。その領袖《りょうしゅう》デモステネスなどは『これで、いよいよフィリッポス・マケドニアの脅威と陰謀《いんぼう》が暴かれることになろう。そうなれば、ペルシャは、我々と反マケドニアの連携《れんけい》に応じてくれるだろう』と言っているらしい。ヘルメイアス殿が口を割《わ》れば、ペルシャがマケドニアを侵攻《しんこう》するのに何よりの口実になる。だが――」

アリストテレスの両眼には光るものがあった。

彼は、声を励まして言った。

「ヘルメイアス殿は、一言《ひとこと》も語らなかったのだ。彼は、捕らえられたその時から覚悟《かくご》を決めて、口を閉《と》ざした。きっと、あらゆる恐ろしい拷問の責めと、聞くに耐《た》えない罵詈雑言《ばりぞうごん》に辱《はずか》しめられたにちがいあるまい。だが、何ものも彼の固い決心を破ることはできなかった。彼は、ただ静かに、耐えに耐えた。彼が初めて口を開いたのは、最後に刑場《けいじょう》に引き立てられようとする時だった」

少年達は、固唾《かたず》をのんで、苦悩を包んだアリストテレスの表情を見守った。

「彼は、起《た》ち上がると、アッソスやマケドニアがある遠い西の空に向き直った。そして、少しも死を恐れない清々《すがすが》しい声で言ったという。『私の懐《なつ》かしい古里《ふるさと》の民《たみ》よ、親しい異郷《いきょう》の友人達よ、一つだけ記憶しておいてもらいたいことがある。それは、私が最期まで哲学を愛していたということを。最期まで哲学の教えるところにしたがって生きたということを』と。それだけを言い残すと、彼は満足げな笑《え》みさえ浮かべて、刑場に赴《おもむ》いたというのだ。さすがのペルシャ軍も、彼の潔《いさぎよ》い最期に感じたのだろう、一部始終をアッソスに伝えてきた。……ヘルメイアス殿は、友を裏切りはしなかったのだ」

号泣《ごうきゅう》の声が、一つ二つと起こった。

翌朝、師弟は打ちそろって散策《さんさく》に出た。皆、昨日の悲報《ひほう》の余韻《よいん》にまだ胸を閉ざされていた。足どりも重く、心も沈みがちだった。

ミエザの野は、冬を迎えようとしていた。黄葉《こうよう》の陰から斑《まだら》に落ちて来る日光も、冷たく冴《さ》え渡っている。静かな歩みを運びながら、アリストテレスは、ひと月振りの講話をしようと言った。友愛について話したい——と、何時《いつ》ものごとく声色《せいしょく》おだやかに語り始めた。

「良き友とは、良き友愛とは、どういうことをいうのだろう——友とはもう一人の自分なのである」

左右の葡萄《ぶどう》畑は疾《と》うに熟《う》れ盛りを過ぎて、ところどころにしぼんだ房《ふさ》を残していた。

「友愛とは、信頼される以上に相手を信ずることにある。そう、その信ずる力……君達よ、それを魂《たましい》の奥に彫《ほ》り刻《きざ》んでおきたまえ。疑ってしくじれば傷痕《きずあと》の癒《い》ゆることはないが、信を置いてよしんばつまずいても、大きく立ち直ることができる、ということを。信ずるということは善であり、友愛を裏うち支える、またとなき力なのだ。

そのような真の友愛は、たとえ人からいかなる誹謗《ひぼう》を浴《あ》びせられようと、揺らぎはしない。心が通い、互いを十分に知り合う者が、どうして第三者の言葉などに動かされるだろう。彼が信義に反する行いをなすか否《いな》か、それを最も知っている者が、友なのだ。そのような間柄《あいだがら》の人々は、互いの人間自体を、その良き部分――徳たるところ――を知り合っている。良き人、高き徳という点で相似《あいに》た人々の間にこそ、真の友愛は結ばれる」

アリストテレスは遠くの山に目を向け、一息つくと講話を更に続けた。

「そうでなくして、利便のみ、つまり単に己《おのれ》に役立つからというだけの友愛は、結局、冷淡な自己中心なのだ。それは人そのものを愛するのではなく、別の物――己にとって好都合な部分を愛しているのにすぎない。すなわち、利害を友としているから、利害の移《うつ》ろいとともに消え去ってしまう、はかなく移りやすいものである。ところが、良き友愛には打算はない。金や物で測《はか》れるものではないのだ。そして、互いを高め合う。自分の良き点を引き出してくれ、互いをより幸福にしようと努め、そのこと自体を喜びとする。だから、友とはもう一人の自分なのだ。いわば、二人が一人になる、ということなのだ。

人生そのものである、といえるような友、生涯の盟友《めいゆう》、一つの思いに結ばれた同志――それは、今ここにいる君達同志のことなのだ」

師の口調がいつになく熱を帯びていくのを、弟子達は感じ取った。

「ヘルメイアス殿こそ、友愛の鑑《かがみ》だ。王は、信義のために犠牲《ぎせい》となることを、潔《いさぎよ》しとした。信義が人間にとって一番大切なものだ。これを守るところに、本当の哲学もあるといっていい。王は、国を学問で飾ろうとし、自らも哲学を愛した文人だったが、哲学する者の真の生涯を身をもって示した、真の哲学者であった」

その夜、いつものようにテーブルに向かい、燭光《しょっこう》のもとに書見《しょけん》をしていたフィリッポスは、竪琴《たてごと》のしめやかな音《ね》を聴いた。皇子の寝室は、自分の室の斜《なな》め上にあたっている。このところ、夜更《よふ》けてから皇子がしのび音に竪琴を爪弾《つまび》くことがあった。それが板敷《いたじ》きの床から漏れて来るのである。

物思いを込めたような音色《ねいろ》が、フィリッポスの熱い頭には快《こころよ》く染《し》みいるのであった。

ある昼下がり、アレクサンドロスがフィリッポスを誘《さそ》って、丘《おか》の辺《べ》の草上《そうじょう》にひと時を過ごした。新緑《しんりょく》に埋もれる頃と違い、野面《のもせ》を渉《わた》るそよ風は冴《さ》えざえと冷たかったが、秋草《あきくさ》を褥《しとね》にして腹《はら》ばうと、のどかな小春日《こはるび》が背に暖《あたた》かい。

久し振りの二人のくつろいだ語らいが、フィリッポスの心を弾《はず》ませた。

「フィリッポス、君はいつか、医者になりたいと言ったね」

フィリッポスの目をのぞきながら、アレクサンドロスが言った。

「はい、その思いは募《つの》る一方です。できることなら、諸都市の医学所を訪《たず》ねて勉強し、一人前の医者になって帰りたいと念じております」

「それなら、私もできるかぎり応援しよう。立派な医者になって、私の側《そば》にいつまでも居《い》てくれないか」

「皇子、それは誠《まこと》でございますか。必ず精いっぱい勉強して、皇子のお役に立ちとうございます」

フィリッポスは、瞳を輝かせて言った。

突然、手前の草むらから野鳩《のばと》の群れが何かに驚いたように飛び立って、はたはたと東の空へ抜けて行った。その跡を追って仰《あお》ぎ見る空は広々とどこまでも澄《す》んで、あるかなしかの雲を浮かべている。

アレクサンドロスは、遠くへ目をあげたまま深々と息をついて言った。

「あの空や雲の、ずっとずっと東の方《ほう》に、インドがある」

その言葉は、フィリッポスの胸を刺《さ》した。

(ああ、皇子、あなたの心の中は、やはり東方への夢でいっぱいなのだ……)

「インドが世界の果てだ、とアリストテレス先生は仰せでした」

「うん。ペルシャよりも東の国。ペルシャの民にもほんの少ししか知られていない、インド……。パルパニソスの頂《いただき》から望見《ぼうけん》できる世界の果て……」

そう言ってアレクサンドロスは、真剣な光をたたえた瞳をフィリッポスの方に返した。

「ねえ、フィリッポス。どんな苦労だって、自分が進んで求めたものなら耐えられるだろう。必ずこの道を行くと決めた時には、つらくとも苦しくとも真っすぐに進んで行けるだろう。だから、自分の道がどこにあるかを探《さが》しあてることが第一だ。それさえ心底《しんそこ》からつかめれば——。自分の体を投げ出してもなお貫《つらぬ》こうとするような生き甲斐《いがい》が見つかるものなら——いかなる苦難も、かえって自分を輝かせるものとなる。苦難のさなかに喘《あえ》ぎ苦しみながらも、本当の心の底は充実しているにちがいない。幸福とは、真実の楽しみとは、そういうものにちがいない。これから行《ゆ》く手《て》に、どんな苦労が待っているかもしれないが、死をも恐れるものか。どこまでも自分の道を進むのだ。たとえ遠い異郷の果てに死ぬことになろうとも……」

最後の言葉が、戦慄《せんりつ》のような感懐《かんかい》をもってフィリッポスの五体を打った。

（ああ、あなたは世界の果てまで征《ゆ》こうとなされている。もう、父王様《ちちおうさま》のお心をも遠く凌《しの》いでおられる。……ただ、命あればこそ、皇子の宿願《しゅくがん》も成し遂げられよう。そのために身を尽くし、心を砕《くだ》いて、医術に精進《しょうじん》するのが自分の道だ……）

ペラの王宮から、数えて四年。ともどもに多感な少年時代の想い出を分かちあった年月《としつき》は、いつしか二つの若い心を固《かた》くつなぎ合わせた。アレクサンドロスにとって、フィリッポスは今や、誰よりも大切な親友《しんゆう》であった。

そのアレクサンドロスが「たとえ遠い異郷の果てに死ぬことになろうとも……」と言って自らの夢を暗示《あんじ》した時、フィリッポスの心は決まった。真に友のために己が誓いを果たすべく、友情と信義に殉《じゅん》ずる覚悟ができていた。

二人は身を起こして、じっと東の空の遥か彼方《かなた》を見つめた。

紀元前三四〇年――。ミエザに、春は四たび回《めぐ》ってきた。草の柔《やわ》らかい芽《め》が一斉《いっせい》に伸びようとして、野は、見渡す限り薄緑《うすみどり》の毛氈《もうせん》を敷《し》いたようになった。

やがて、この春かぎりで学問所も閉鎖《へいさ》されるという報《しら》せがペラから来た。

この頃、アレクサンドロスの父フィリッポス二世は、ヘレスポントス海峡近くまで兵馬を進め、要都《ようと》ビザンティオンをうかがうとともに、これに刺激《しげき》されるアテナイの軍ともやがて一戦は避《さ》けられないとして、備えを固めつつあった。

アレクサンドロスも十六になっていた。巣立《すだ》ちの時が来ていたのである。

アリストテレスは、一時故郷スタゲイロスに退《しりぞ》いて、静かな学究生活に入っていた。

アレクサンドロスと貴族子弟達の一行が、ペラをさして帰って行く。彼らを野のはずれの分かれ道まで見送ったフィリッポスは、皇子の馬上姿《ばじょうすがた》が見えなくなるまで手を振り別《わか》れを惜《お》しんだ。

見返ると、学問所の白い建物《たてもの》が、森を背負って遠く小さく日に輝いている。その懐かしい三年余の学舎のたたずまいを胸深くしまうと、フィリッポスは一人、遠い遊学《ゆうがく》の旅路《たびじ》についた——。

（五）

（友愛とは……、友愛とは……）

――回想は、一瞬《いっしゅん》のうちに終わった。

とっさに、アレクサンドロスは、片手を卓上の器《うつわ》に伸ばした。

（服《の》むのだ、薬を服むのだ。……いや、毒でも、薬でも、どっちでもいい。ただ、友の情《なさけ》を服み干《ほ》すだけだ。信ずるものに身を捨てれば、それでいい。友愛とは……『友愛とは、信頼される以上に相手を信ずることにある』のだから）

その時、不気味《ぶきみ》な光を放っていたかに見えた卓上の薬物《やくぶつ》は、にわかに色を変じて、またもや澄《す》んだ葡萄液《ぶどうえき》のように、きらきらとまばゆいばかりの輝きに戻っていた。

彼は、ほんの一瞬間でも逡巡《しゅんじゅん》したことを悔《く》いた。それは、友との長く清い交《まじ》わりの上ににじんだかすかな一点の染《し》みにすぎなかったが――。彼は、やにわに器を摑《つか》んで口もとに運ぶと、一口ごくりと服《の》みくだした。

その瞬間、フィリッポスが密書《みっしょ》を読み終えて、目を上げたのである。

（ああ、間に合ったぞ、フィリッポス。これで、いい。これが、友への償《つぐな》いの証《あかし》だ。これが、自分自身への証だ……）

器を手にかざしたまま、アレクサンドロスは莞爾《かんじ》とした目をフィリッポスに向けた。そこには、もはや微塵《みじん》も翳《かげ》りの色はなかった。一陣《いちじん》の風がまたも館《やかた》の壁《かべ》を打つと、揺《ゆ》らめく灯影《ほかげ》がフィリッポスの気高《けだか》く澄んだ目を映《うつ》し出した。

二人は、黙って目を見交《みか》わした。

アレクサンドロスは、残る薬液を、ごくりごくりと息もつがずに服み干した。そうして静かに、器を卓上に置いた。

フィリッポスは、崩《くず》れ落《お》ちようとする自分の体《からだ》を必死に支えていた。その小刻《こきざ》みに震《ふる》える片手から、はらりと密書の紙片が離れ落ちると、アレクサンドロスの病《びょう》床《しょう》に駆《か》け寄《よ》って、その両肩に手を置いた。

無言のまま、友と友とは相抱《あいいだ》いた。その時、ふいにアレクサンドロスは、意識が薄《うす》れゆくのを感じた。やがて、薬液が脈管《みゃくかん》の隅々《すみずみ》にまでまわったのであろう、全身に激甚《げきじん》の痛みとしびれが襲《おそ》った。彼は、なお友を信じた。そして、信じながら、友の腕の中に仰向《あおむ》いて、静かに目を閉ざし、暗黒《あんこく》の無意識の深淵《しんえん》へと落ちていった。

二日、三日と過ぎても、アレクサンドロスは昏々《こんこん》と死に瀕《ひん》した眠りについたまま、いっこうに目を開く気配《けはい》はなかった。その傍《かたわ》らには、フィリッポスが身じろぎもせず侍居《じきょ》し、眠り続ける病友の寝顔を見守っていた。

五日、六日と過ぎるにつれて、濃《こ》い焦燥《しょうそう》の色がフィリッポスの顔に浮かんだ。それまでに二、三度、この毒性の強い薬を使ったことはあったが、いずれも重症ではなく、薬もごく少量《しょうりょう》ですんだ。だがアレクサンドロスに施《ほどこ》した薬量は、まかり間違うと死にも至《いた》りかねない危険なものであった。それを承知で、フィリッポスはぎりぎりの賭《か》けに出たのである。見捨てておいても、いずれ助からないことは明らかであった。フィリッポスに残された道は、一つしかなかった。彼はしくじった時の我が身の成り行きなどは少しも顧《かえり》みず、迷わずに大量の秘薬《ひやく》の調合《ちょうごう》にかかったのである。

万が一、王が落命《らくめい》したら――それが薬によろうと病《やまい》によろうと、医者であり友である自分が生きていようなどとは毛頭《もうとう》考えなかった。自分自身への執着《しゅうちゃく》は、全《まった》くなかった。二人ながらに命を捨てようと思った。そして、友を活《い》かす僅《わず》かな可能性に全《すべ》てを託したのであった。

(どうか、こらえ抜いてくださいませ、アレクサンドロス様。どうか、もう一度あの健《すこ》やかな笑顔をお見せくださいませ……）

変化の兆《きざ》しは少しもなく、ただ眠るばかりのアレクサンドロスに向かって、フィリッポスは心の中で必死に呼びかけていた。もはや薬効《やっこう》は失せる頃《ころ》とも思われた。今となってはフィリッポスが望みとするところは、ただ一つしかなかった。それは、アレクサンドロスとの強い強い心の絆《きずな》であった。

王が自分を信頼しきって服薬《ふくやく》したものなら——自分に全幅《ぜんぷく》の信をおいてくれたものなら——あるいは助かるやも知れぬ。

その思いは、少年の頃の想《おも》い出から萌《きざ》していた。病夢《びょうむ》の中に英雄アキレウスの姿となって現れたアレクサンドロスが自分を救ってくれたという、あの忘れがたい想い出である。友情の絆が病苦を除いてくれたという、あの抜きがたい確信である。彼は、密書を憎むことすら忘れていた。毒薬かもしれないものを、アレクサンドロスは笑《え》みさえたたえて一息に服《の》み干してくれた、ただその事実だけが今ここには重要なのであった。

なおも彼は、アレクサンドロスの手指の微《かす》かな動き、呼吸の僅かな変調にも全神経を集めて、回復の兆しを待った。

ふと、アレクサンドロスの茶色の巻毛《まきげ》の房《ふさ》に隠れた枕の下に、書冊《しょさつ》らしいもののあるのがフィリッポスの目についた。そっと取り上げてみると、何度も繰り返し読んだらしい手擦《てず》れのした『イーリアス』の巻《まき》であった。アレクサンドロスは、この書を愛して、戦場にもたずさえ歩き、夜、護身《ごしん》の短剣《たんけん》とともに枕の下に置くことを習慣としていたのである。

たちまち、想いはペラの王宮《おうきゅう》やミエザの野に還《かえ》った。

(アレクサンドロス様……いいえ、私を救ってくれたアキレウス様。不思議なことに、あの時の私の病は、今のあなたの病と同じものなのです。これを治すには、ただ薬餌《やくじ》の力だけでは及びません。何より心の強さが大切です。アキレウス様が私に力を与えてくれたように、今、あなたと私との鉄鎖《てっさ》のような心の絆が力になるのです……)

フィリッポスは、恩友の側《そば》に身を置いて、幸福であった。

(信ずることは、何よりも強いのです、病にも、生きるにも。……信ずることは、

希望なのです。現在にも、未来にも)

ミエザの野に二人、雲の往《ゆ》き交《か》いを仰《あお》ぎながら、どこまでも空想を馳《は》せた日のことがフィリッポスの目に浮かんでいた。そして、友を励ますともなく、自分を励ますともなく、心のうちに言葉を継《つ》いだ。

(アレクサンドロス様、私は信じております。きっと、あなたが助かるものと信じております。なぜなら、あなたは私を信じられたのですから。友を信じて、薬を服《ふく》されたのですから。……必ずや烈《はげ》しい薬の毒にも打《う》ち克《か》って、生きて目を開かれるでしょう。その時が、病毒《びょうどく》に薬毒《やくどく》が勝った時、そして薬毒に命《いのち》の力が勝った時なのです)

(よくぞ私を信じてくださいました……夢にも思いがけないことでございました、私が背信者《はいしんしゃ》だなどと――。いつかアリストテレス先生がおっしゃったように、親愛《しんあい》が深いほど、友の裏切りの罪は大きいものです。どうして私に、そんな節操《せっそう》を汚《けが》すような、卑劣《ひれつ》なことができましょう……)

(だが、私の身はどうでもよかったのです。いかなる汚名《おめい》を着ようとも、あなたのお命が助かりさえするものなら、それで全ては償われるのでございます。よくぞ私を信じてくださいました。いいえ、あの恐ろしい手紙を読みながらも、私は微塵《みじん》も疑いませんでした。あなたさまのお心を、どこまでも信じておりました。覚《おぼ》えておられましょう、師の言葉を。『友愛とは、信頼される以上に相手を信ずることにある』のですから……）

（きっと、あなたさまのお命の力はこの大患《たいかん》を堪《こら》え抜いて、再び希望の旅立ちがおできになるでしょう。……希望。……希望。……あなたは、どこまでも希望の道を進んで征《ゆ》かれることでございましょう。世界の果《は》てを窮《きわ》めようと、ご自身に課《か》された希望の道を）

時の移るのも忘れて、つぶやくともなく祈るともなく、フィリッポスは、無意識の闇《やみ》の中に死と闘《たたか》うアレクサンドロスの手をとって、励まし続けた。

臥床《がしょう》すること十日。ようやく高熱のひく気配《けはい》が見えると、アレクサンドロスの口もとが微《かす》かに動き、やがて、うっすらと目を開けた。

「アレクサンドロス様！」

フィリッポスは、力強く友の名を呼んだ。

アレクサンドロスは、今やはっきりと目を開いた。不思議にもその瞳《ひとみ》は少しも病《びょう》熱《ねつ》を知らなかったように、深い睫毛《まつげ》の奥に澄んだ落《お》ち着《つ》いた色をたたえていた。そして、ゆったりと半身《はんしん》を起こした。紛《まぎ》れもない、蘇生《そせい》の証であるアレクサンドロスの一挙一動《いっきょいちどう》を、フィリッポスは目にいっぱい涙《なみだ》を浮かべて見守った。

「どうやら、私は長い眠りについていたようだ。……だが、この寝覚《ねざ》めは何という清々《すがすが》しさだろう。フィリッポス、君のおかげで、命拾《いのちびろ》いをしたぞ」

アレクサンドロスは、確かな口調で言った。

「ああ、アレクサンドロス様、あなたはとうとう勝ちました」

そう応《こた》えるフィリッポスの胸は躍《おど》った。

「今しがた私は、夢を見ていた。懐《なつ》かしいミエザの花野の夢だ。見渡す限り緑がうち広がる野に、フィリッポスと二人腹這《はらば》って、語り合った時のこと……。それから頭の中に、アリストテレス先生の言葉がグルグルと回《めぐ》っていた。それは、野道や林を歩きながらうかがった講話《こうわ》のいくつもの断片だった。でも、何故《なぜ》か、フィリッポスの心配げな厳《きび》しい眼差《まなざ》しが、私に凝《じ》っと向けられているのを感じてならなかった。思いきって振《ふ》り向《む》いてフィリッポスの方《ほう》を見ようとした、その時に目覚《めざ》めて、気が付くと、夢に感じたと同じフィリッポスの目が私の傍らにあった」

静かに語るアレクサンドロスの頬《ほお》は憔悴《しょうすい》の跡《あと》こそ痛々《いたいた》しかったが、血潮《ちしお》の兆《きざ》しに薄く染《そ》まっていた。もはやフィリッポスの安堵《あんど》は揺るぎなかった。

「ああ、私は試《ため》されたのだよ、フィリッポス。あの忌《い》まわしい密書の向こうの目に見えない魔物《まもの》のような何ものかが、一瞬の心の隙間《すきま》を衝《つ》こうと、真実らしい仮面《かめん》をかぶって、罠《わな》を仕《し》掛《か》けてきたのだ。だが……」

「アレクサンドロス様、あなたは勝ちました。いかなる運命の魔物も、あなたの胸いっぱいに宿《やど》す希望の力を打《う》ち砕《くだ》くことはできませんでした。また、友の信義を欺《あざむ》くこともできませんでした。もう大丈夫でございます。この病《やまい》は、一度克服《こくふく》すれば、二度と罹《かか》る懸念《けねん》はないものです。すっかり快《よ》くなられれば、晴れてまた東方への旅を続けることができましょう。ああ、よくぞ堪《こら》え抜いてくださいました。私には、もはや何一つ心残りはございません。どうか、安心して、今一度お眠りなさいませ」

フィリッポスの晴ればれとした笑顔を見ると、アレクサンドロスは再び身を横たえ、目を閉じた。それからの数日間、おだやかな寝息の眠りが続き、やがて遂《つい》に回《かい》復《ふく》の日が来ると、彼は起《た》って、館を出た。そして、愛馬ブケファロスに乗って、陣営に健やかな馬上姿《ばじょうすがた》を現したのである。

「万歳！」

「万歳！」

どの幕舎《ばくしゃ》も、どの幕舎も、喜びに沸《わ》き返らない所はない。将兵は挙《こぞ》って躍り上がった。

その時、フィリッポスは、親しく友を見守り続けた寝台《しんだい》の傍らに座っていた。そして、波濤《はとう》のように沸いてはこだまする喚声《かんせい》を遠くに聴《き》きながら、自分の額《ひたい》に手をやった。彼は、身に病を感じていた。夜の更《ふ》けるのも食べるのも忘れて心魂《しんこん》を傾け尽くした二十日にわたる看病は、小アジアの夏の炎熱《えんねつ》とあいまって、病弱に生まれついた彼の命を消耗《しょうもう》させていたのである。

沸き起こる喚声は次第に彼の耳に遠く虚《うつ》ろになっていく。

だが彼は、満足だった。

友は遂《つい》に起《た》った。命永《いのちなが》らえて再び希望の旅につくことができるのだ。いつか必ず報《むく》いたかった友の恩誼《おんぎ》にようやく応えることができたのだ――。込み上げる喜びに胸を満たしつつ、フィリッポスは、目の前の卓上に倒《たお》れ伏《ふ》した。

紀元前三二六年七月――。

アレクサンドロスの東征《とうせい》軍は、インダス川の五つ目の支流を眼前にしていた。故国を進発《しんぱつ》してからすでに八年。彼はひたすら東へ東へ、また東へと道を進んだ。恩師に教えられた少年の日から夢のように心に思い描《えが》いてきた、白雪まばゆいパルパニソスの山々――後にヒンドゥークシュと呼ばれるこの群峰《ぐんぽう》を、彼は困苦《こんく》の末に踏破《とうは》した。そしてインドに入ってから約十カ月が過ぎていた。折《おり》からの雨期《うき》に増水《ぞうすい》氾濫《はんらん》したインダスの渡河《とか》もまた、困難を極めた。

だが、アレクサンドロスは、その熱い眼差しを、なおも東へと向けていた。今しがた、この地の土侯《どこう》から、初めてインダス以東の事情を耳にしたのである。遠く砂《さ》漠《ばく》を越えると、ガンジスという大河《たいが》がある。それは、インダスよりもなお大いなる流れをなし、ほとりに強大な一王国を潤《うるお》しているという。王国の名は「マガダ」。地味豊沃《ちみほうよく》にして富《と》み栄《さか》え、軍事力も歩騎兵《ほきへい》二十八万、戦車八千、軍象六千、と。

今、ほのかに聞くマガダ王国。恩師が教えてくれたように、その東の向こうに、世界の果てをなす大洋があるのだろうか――。

濁流《だくりゅう》が渦巻《うずま》くインダス最後の支流の傍らにたたずんで、アレクサンドロスの心ははやった。ただ前進することのみが、彼の眼前にあった。そして、彼が開き残して来た道に、いかなる歴史が花咲こうとしていたか――。

緑深いスワート渓谷《けいこく》やガンダーラ地方に、彼とその一行が初めて直《じか》にもたらした、西洋からの衝撃《しょうげき》。このインダス流域に、クシャン朝がおこる。そこに巻き起こる仏教弘宣《ぐせん》の大風は、経典とともにギリシャの面影《おもかげ》を深くたたえる仏教芸術を飛翔《ひしょう》せしめて、はるか中央アジア、中国の大空へ、そして日本へと運《はこ》び伝《つた》えていく。やがて、仏教に目覚めた中国から、多くの人々がスワートの谷間を訪《おとず》れるであろう。

アレクサンドロスは、その歴史の流れを知るよしもない。

そして、インダスの河辺《かわべ》に立つアレクサンドロスの傍らに侍医《じい》フィリッポスの姿もあったかどうか——フィリッポスの生涯《しょうがい》の多くは、知る手掛《てが》かりが残されていない。ただ、彼が小アジアの町タルソスまで侍医として従軍し、大王アレクサンドロスの重病《じゅうびょう》を救った事実だけが歴史に明らかである。

解説――アレクサンドロス大王の生涯と足跡

幼・少年時代

アレクサンドロスは紀元前三五六年、マケドニア（ギリシャ北方）国王フィリッポス二世と妃オリュンピアスの皇子として、ペラの王宮に生まれました。

当時のギリシャは、アテナイとスパルタのペロポネソス戦争（前四三一年―前四〇四年）に勝利したスパルタが、前三七一年にはテーベに敗れるなど、対立と抗争が続いていました。また、ペルシャ帝国の干渉《かんしょう》も強く、都市国家（ポリス）の没落《ぼつらく》が進んでいったのです。

フィリッポス二世は、ギリシャ諸都市を服属《ふくぞく》させ、統一をはかりました。マケドニア王国が着実に発展している時に、後継ぎとして生まれたのがアレクサンドロスでした。

アレクサンドロスが生まれる前に、父フィリッポス二世は、獅子《しし》が天から駆《か》け下りてきて母オリュンピアスの胎内に入った夢を見たと言い伝えられています。国王になる宿命を持ったアレクサンドロスは、文武《ぶんぶ》二道に類《たぐ》いまれな才能を持ち、幼年時代から磨《みが》きをかけていきます。そうした才能を物語るエピソードは、数多く残っています。

たとえば少年時代、ある商人が馬を売りにきました。王の側近も、誰《だれ》一人としてこの馬を乗りこなせず、近寄ることもできません。アレクサンドロスは、馬の興奮の原因が馬自身の影にあることをみてとり、馬首を太陽の方向に向けて静め、手綱《たづな》さばきも鮮《あざ》やかに乗りこなしました。この馬が、後の東征《とうせい》の際に活躍するブケファロスと伝えられています。

十三歳の時、学問の師としてアリストテレスが招《まね》かれました。アリストテレスのもとで、学友達とともに、首都の喧騒《けんそう》から離れたミエザの学問所での三年間は、非常に有意義な期間だったことでしょう。

東征を開始

十六歳の時、遠征中の父に代わり、摂政《せっしょう》としてマケドニアを統治。ギリシャ諸国との雌雄《しゆう》を決したカイロネイアの会戦では、左翼騎兵部隊を率《ひき》いてマケドニアを勝利に導きました。この時、アレクサンドロスは十八歳。この会戦の勝利を機に、父フィリッポス二世は「コリントス同盟」を結成、盟主におさまり、ギリシャ諸都市を統一しました。

更にフィリッポス二世は、ペルシャを破り東方へ進出する計画を立てましたが、暗殺されてしまい、アレクサンドロスが二十歳という若さで国王に即位しました。

紀元前三三五年、コリントス同盟会議で東征進発を決定。翌前三三四年、アンフィポリスに東征軍が集結。

この時、アレクサンドロスは二十二歳。出発に際し、部下達がどれだけの資産があれば後顧《こうこ》の憂《うれ》いなく出陣できるかを調査し、ある者には美田を、ある者には村や港市の収入を、といったように、全ての財産を分け与えました。

ある武将が、王自身のために何を残すのかと尋《たず》ねたところ、アレクサンドロスは「今後の希望」と答えたそうです。東征に賭《か》ける壮烈な決意が伝わってくるエピソードといえます。

ギリシャと小アジアの間のヘレスポントス海峡を渡り、進軍を開始。小アジアの諸都市を解放し、前三三三年にはキリキア門を越えてタルソスに入りました。ここで原因不明の病《やまい》にかかり、この短編小説「アレクサンドロスの決断」の舞台と連なっていきます。

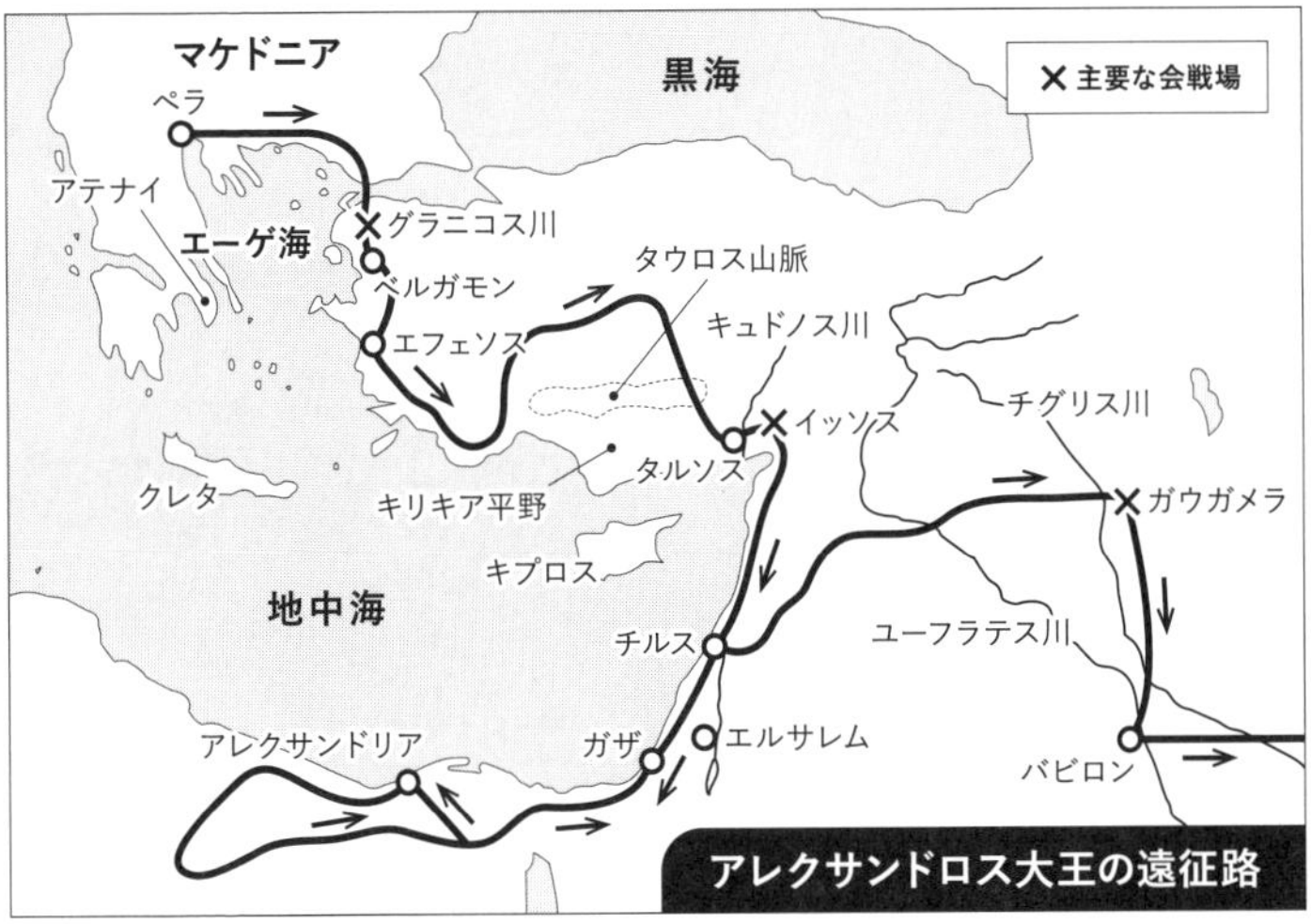

アレクサンドロス大王の遠征路

版図の完成

イッソスの会戦でペルシャ軍を破り、紀元前三三二年にはエジプトへ進攻。ナイル川のほとりに自らの名を冠したアレクサンドリア市を建設しました。

翌前三三一年、ユーフラテス川、チグリス川を越え、ガウガメラでペルシャ軍と再戦し、四倍以上の大軍を七千騎《き》で打ち破り、前三三〇年にはペルシャ全域を征服しました。

更にヒンドゥークシュ山脈を越え、

バクトリア（今のアフガニスタン）に進攻。インダス川を南下してアラビア海方面に出てからスサ、バビロンに戻り、ここに東西文化の交流の源となるアレクサンドロス大王の版図《はんと》が成りました。

前三二三年、バビロンで再征の出発を目前にして病にかかり、三十三歳で疾風怒濤《しっぷうどとう》のような生涯の幕を閉じました。

アレクサンドロスは、征服地の諸市にアレクサンドリアと名付けた都市を、七十も建設したといわれており、これらはギリシャ文化東漸《とうぜん》の拠点となり、ヘレニズム文化の形成に大きな役割を果たしました。

◇参考資料
『アレクサンドロス大王』〈「世界を創った人びと」（一）〉平凡社
『プルターク英雄伝』（六）　鶴見祐輔訳　潮文庫
アリストテレス『ニコマコス倫理学』（上）高田三郎訳　岩波文庫

革命の若き空

（一）

なだらかな谷合いの風景がひらけていた。頭上の茂り合う葉陰《はかげ》から、日光がこぼれ落ちてくる。

その朝早く、アンドレ・シェニエは、ヴェルサイユの隠《かく》れ家《が》をたって、どこへ行くともあてのない足どりを東の方《ほう》へと小半日《こはんにち》も歩き続けた。気がつくと美しいビエーブルの谷間にいた。

丈《たけ》高い茂みや、木深《こぶか》い林が身を隠してくれるのにまかせて、谷間の奥深い方へと踏み入った。やがて、こんもりとした一本の幹を選ぶと、その下に腰を落ち着けた。そこからは、ゆるやかな浸食谷《しんしょくこく》の一帯が、よく眺《なが》められた。

うららかに晴れた日であった。まるで谷間の全体が微笑《ほほえ》むかのように、色とりどりの花と濃淡《のうたん》さまざまな緑の樹林《じゅりん》が谷を埋め尽くし、底をなしている小さな盆地を、一筋の川が、銀の糸を撚《よ》るように流れていた。猟犬《りょうけん》の包囲《ほうい》からようやく逃《のが》れてきた獣《けもの》のように身も心も疲れきっていたシェニエの目には、暖かな春の日に照らされた、こんなにも平和な谷間のありさまが不思議なくらいであった。

シェニエは、いつまでもこの美しい自然の中に身を置いて、熱い頭と騒《さわ》がしい胸とを休めていたかった。しかし、そんな安らかな思いも、すぐに破られた。いつものように錯雑《さくざつ》とした想念《そうねん》が雲のように湧《わ》いて、シェニエの心を、重苦しく閉ざしてしまった。

自分の運命がいかになりゆくか。前途が計り知れないことへの恐怖は、もはや失《う》せていた。シェニエは、自分の行く末を、いや、すぐそこに迫っているに違いない運命の打撃を、今やはっきりと直視していた。

殉教《じゅんきょう》――。殉教者――。その言葉を、幾度も自分の胸に問い試《こころ》みてきた。いかに抗《あらが》おうとも、それが自分の避《さ》けられない道であろうとは覚悟《かくご》していた。しのび来る死の恐怖と、心の中で繰り返し戦ってもきた。そして今、この大らかな自然の懐《ふところ》に抱《いだ》かれてみると、死に対する親しみといったような感情すら起こっていた。いずれ司直《しちょく》の手にかかって捕《と》らえられるのなら、そして逮捕《たいほ》がそのまま死を意味するのなら、むしろ、この静かな谷の片すみで、ひっそりと花や緑に埋もれて死ぬ方が、ずっと幸福ではなかろうか――。

いずれにせよ、シェニエは、死への恐怖は乗り越えていた。むしろ、信念のために散ることを、誇《ほこ》りとしていた。ただ、祖国フランスを震撼《しんかん》させている恐怖政治の嵐《あらし》を思い、革命の容易《ようい》ならぬ未来を思うと、どこまでも気持ちが沈んでいくのだった。

〈暴政からの解放……。人間の大いなる解放……。この革命は、フランス革命は、その答えの一つ、間違いなくその一つなのだ。何よりも、絶対王制を、民主制へと転化したのだから……。封建《ほうけん》制の打破。「自由」と「平等」と「友愛」の思想。法の支配の確立。憲法は、人民に新しい諸権利を約束し、民主的な選挙をも規定している。……この革命が、これからの世界に、人類の進歩に、計り知れない力を持とうとしていることは間違いない。だが……だが……本当に、革命が掲《かか》げた理想は、その精神は、歴史の試練にも耐えて、生き抜いていくだろうか。人類永遠の宝鑑《ほうかん》たることができるだろうか……）

（「専制」は、なくなった。しかし今、別の「専制」が、熱病のように猛威《もうい》をふるっている。革命は、緒《ちょ》についたばかりだというのに……。「自由」の名のもとの専制——まるで、世の中には愛国者と裏切り者の二つしか存在しないかのごとき、恐るべき単純と偏狭《へんきょう》。自由という、平等という、友愛という、壮麗《そうれい》な殿堂を、彼らは血しぶきで汚《けが》してしまったのだ。革命の観念と、テロリズムの観念との一致。それでは、革命の理想はおしまいだ……）

（告発された多くの人々は、身に覚《おぼ》えのないこと——あてにならない風聞《ふうぶん》や、なんの脈絡《みゃくらく》もない片言隻句《へんげんせっく》や、事実無根の密告や——そんなことで裁判にかけられている。そして、それらへの反証などを述べたてることはほとんど許されないまま、〝人民の敵〟として葬《ほうむ》り去られてしまうのだ）

シェニエは、太い幹の根もとに広がる青草《あおくさ》の上に、疲れた体《からだ》を横たえた。

行き交《か》う人もない静寂《せいじゃく》に、いつにない心の安らぎを覚えたせいもあったろう。野にさす薄雲《うすぐも》の影《かげ》が、自分のまわりにも広がると、ふと眠気《ねむけ》がさしてきた。

まどろみかけた意識の中で、シェニエは、なおも想念を凝《こ》らそうとした。

（……恐怖政治。ああ、それは統治などというものではない。ただ自分達自身が恐怖におちいり、小心翼々《よくよく》としているだけのことではないか。正義ぶった公《おおやけ》の仮面のもとに、自分らの身の安全をはかろうと策謀《さくぼう》を凝らしている彼らの醜《みにく》い渋面《じゅうめん》が、透《す》けて見えている。人間の良心を、恐怖の煽動《せんどう》でしか誘導できないなんて、最低だ。……権力の魔物にとりつかれて、ただ破滅の奈落《ならく》の底へと転げ落ちていくのだ、彼らとともに、革命が、そして祖国フランスが……。その勢いは激しくなる一方だろう。だが、異常な、狂気じみた抑圧《よくあつ》が長く続いた試《ため》しはない。それは必ず自分の身の上にふりかかってくることになるのだ。もうすぐそこに、破局は見えているというのに……）

（ああ、いつになれば、平和な、美しいフランスが蘇《よみがえ》るだろう。種子《たね》だけはみごとに蒔《ま》かれたこの革命の理想が、美しく花咲いて、フランスの大地を、そして世界じゅうの地表を覆《おお》い尽くすのは、いつの日のことだろう……）

耳もとをかすめる風の音が遠くなって、いつしかシェニエは、草の褥《しとね》の上に眠っていた。

シェニエの服装といえば、灰色のフロックコートも、きっちりした銀鼠《ぎんねず》色の胴衣《どうい》も、長く着古したらしい皺《しわ》が目立ち、そこからのぞいている萎《な》えたシャツは、ボタンが一つ欠けていた。濃《こ》い色合いのキュロットのズボン、襟《えり》もとの絹《きぬ》のスカーフ、それに乗馬用であろう土にまみれた長靴も、何もかもが色褪《あ》せて、くたびれきっているように見えた。そんないでたちのままで、シェニエは眠っていた。

まるで放浪者のようではあっても、その寝顔には静かな気品があふれていた。やさしい色白の丸顔は、思いやつれの痕《あと》こそあるが、目鼻だちはくっきりと彫《ほ》りが深く、瞑想《めいそう》的な面影《おもかげ》をたたえて、少しくせのある柔らかい髪《かみ》が、額《ひたい》にほつれて、そよ風に動いていた。肩は強健そうで、中《ちゅう》くらいの背丈《せたけ》も、筋骨《きんこつ》のたくましい印象がある。

谷間を照らしていた太陽は、大きく西に傾き始めていた。時どき軽い風が起こって、辺《あた》りの木立《こだち》をざわつかせるようになった。

頬《ほお》にひんやりした空気を感じて目覚《めざ》めかけたシェニエは、草を踏みしだくような足音に、われに返った。反射的に身を起こして、近づいてくる音の方に目を凝らした。やがて前方の木陰《こかげ》から人影があらわれたが、シェニエはほっとした。年の頃《ころ》は十六、七歳。警戒《けいかい》するまでもない、土地の者らしい身なりをした少年と分かったから。

少年は、シェニエの傍《かたわ》らに立った。

「ボンジュール・ムシュー。ちょうど通りがかったのですが、そろそろ冷えてくるので、失礼ですが、心配で見ていたのです。あまりぐっすり休まれているようすなので……。この谷は、夕暮れになると急に冷え込むし、日が沈むと、真っ暗な夜道を行くのは難儀《なんぎ》ですから。この辺りが初めてなら、なおさらです」

たしかにシェニエには、この土地は初めてなのであった。

「ああ、ありがとう。そろそろ帰らなくては」

シェニエは、ゆっくり立ち上がると、服のほこりを払った。

「どちらへ帰るのです?」

少年の目は、無邪気《むじゃき》そのものであった。

シェニエは、つい正直《しょうじき》に答えた。

「ヴェルサイユ。ヴェルサイユから来たのだよ。ちょっと長い散歩になってしまったが……」

ヴェルサイユから東へ十数キロの地点を中心に東西にのびるビエーブルの谷間は、フランスの平野地帯によくある、川沿いの浅い渓谷《けいこく》であり、このような緑と水に富んだ渓谷と、やわらかく起伏《きふく》する田園の広がりとが、フランスの大地の魅力《みりょく》を形づくっているのである。

「ヴェルサイユから歩いてきたのですか?」

少年は、散策の遠さにちょっと驚いたようすであった。

「ヴェルサイユにお住まいなら、あの騒ぎは目撃しましたか?」

少年が唐突《とうとつ》にもちだした〝騒ぎ〟が何であるか、シェニエにはすぐ察しがついた。

一七八九年十月五日。あの日、武装したパリの群衆が大挙してヴェルサイユの宮殿に、デモ行進した。群衆といっても、その大部分はおかみさんや働く娘達であったことが、このデモの一つの特徴《とくちょう》であった。彼女らは、うち続く物価高と食糧不足による生活の苦しさから結束して、直《じか》に国王ルイ十六世と王妃《おうひ》マリー・アントワネットに窮状《きゅうじょう》を訴えようと、大砲まで引きながら、えんえん二十キロにも及ぶ行軍をしたのである。

それは、パリに革命が勃発《ぼっぱつ》して間もない頃——つまり、同年七月十四日、バスチーユ牢獄《ろうごく》を民衆が襲《おそ》って陥落《かんらく》させた事件から、二カ月余りのことであった。すでに国民議会が成立して、国民主権へと、フランスの歴史は大きく転換していた。また、同年八月四日には「封建制度の廃止」の諸法令が決議され、法の前における万人の平等が確認されて、旧《ふる》い封建制はひとまず生涯を閉《と》じることを運命づけられていた。

有名な「人間と市民の権利の宣言」——いわゆる「人権宣言」は、同じ月の二十六日に採択《さいたく》されている。

いわば革命の濫觴期《らんしょうき》にある新しい民衆の力には、勢いがあった。ルイ十六世は、女性達の願いを聞きいれて、ヴェルサイユからパリへと宮廷《きゅうてい》を移すことになった。すなわち女性達のヴェルサイユ襲撃《しゅうげき》の翌日、王室は、長くブルボン王朝の居城《きょじょう》であったこの華麗《かれい》な宮殿を離れてパリへと向かっている。この日から、ルイ十六世とマリー・アントワネットの処刑に至《いた》るまでの約四年間と、その後も続く王子や王女の長い幽閉《ゆうへい》という、パリでの王家の悲劇が始まることになる。

だから、ヴェルサイユ宮殿には、もはやかつての主《あるじ》はいないし、国王が再びヴェルサイユに戻る日もない。

少年の言う〝事件〟とは、このパリ民衆のヴェルサイユ襲撃という歴史的な出来事を指していた。

「ああ、私はあの時は、ヴェルサイユにもフランスにもいなかった。イギリスにいたのだから……」

シェニエは、今ここで革命の多くを語りたくなかった。短くそれだけ言い、引き返そうと思った。その時、少年が何か小脇《こわき》に大事そうに包みを抱《かか》えているのに気付いて、そちらに目をやった。

「あ、僕の名はルネ。これはデッサンの道具で、僕は今、絵を勉強しているんです」

絵の勉強と聞いて、シェニエの心は少し動いた。

「年はいくつ?」

「十六です」

シェニエは、少年の顔を見つめ直した。

少年とはいっても、体つきが雄偉《ゆうい》で、一人前の若者に近かった。身なりは、農牧者のそれで、革のチョッキの下のシャツと、はいているズボンは、野良着《のらぎ》といってよい代物《しろもの》だった。骨太い、筋肉質の面差《おもざ》しには、さすがに少年らしいあどけなさが残っていたが、その眼差《まなざ》しは、たしかに芸術家の卵らしい一途《いちず》な強い光を宿している。

「絵を?」

「ええ。父の農作業を手伝いながらですが……。ほら、あれが僕の家です」

ルネの指さす方に目を凝らすと、遠く林の合間に、少しくすんだ白壁《しらかべ》の一構えが見える。壁の半面が、蔦蔓《つたかずら》に覆《おお》われているようでもあった。鶏《にわとり》の鳥屋《とや》らしいものもある。

それにしても、シェニエには、この辺りはとても耕作《こうさく》には向きそうにない地相《ちそう》に見えた。

「林と林との間の、少しばかりの空地を、父と分けて耕《たがや》しているのです」

シェニエが、ほうという顔つきで、目を丸くした。

「朝露《あさつゆ》のあいだは、畑に出て耕したり、種蒔《ま》きをします。日が少し高くなると、牛や羊達を野に放ちにいきます。その合間にデッサンに励むのです。家に帰り、それをもとにカンバスに向かいます」

「もしよかったら、そのデッサンを見せてくれないか」

シェニエは、この農村画家の卵の手際《てぎわ》を見たくなった。一方、ルネは、この貧しげな上流青年に、ある親しみを感じていた。青年の黒い目の中の焔《ほのお》のようなものが、何か尋常《じんじょう》でない魂《たましい》の深さを感じさせて、惹《ひ》きつけられるものがあった。

ルネは、素直にデッサンの画帖《がちょう》を差し出した。それは、谷間にある一本のこんもりした木や野の花といった小さな風景から、谷全体の大きな風景までの、みごとな素描《そびょう》で埋《う》まっていた。シェニエは、そこに表れている画才の片鱗《へんりん》に目を見はって、微笑んで言った。

「どれも、とてもいい。ここの自然のよさが、よく描《か》けている」

するとルネが、うれしげに言うのだった。

「このビエーブルの谷は、とても表情が豊かです。もうすぐ夕暮れになると、空も丘肌《おかはだ》も一面に焼き焦《こ》がすような深紅《しんく》の夕陽《ゆうひ》がまるで絵のようです。そして薄い夕烟《けむり》が次第《しだい》に谷間にこめていき、それから、冴《さ》えざえと澄《す》んだ星空がとてもきれいです。朝になれば、乳色の靄《もや》が晴れていくなかに林や泉がだんだんくっきり見えていくさまも、言葉には尽くせません。それに、この谷は、季節ごとに絶えず美しく姿を変えていきます。春には、このように新樹《しんじゅ》や花々の香りがたちこめて、まるで谷全体が一つの大きな香炉《こうろ》のようになります。夏の晴れた日には、あのビエーブル川の水面《みのも》から無数の光の小さな粒が湧いて、きらきらと谷間じゅうに散乱しているようです。秋には、花すすきが銀に光り、落葉の素晴らしさはもちろんのこと、冬は冬で、川面《かわも》から霧がたちこめて、白一色の雪景色もまた格別です。どれもこれも絵にしたい材料ばかりで、それなのに自分のパレットを見ると、つくづく考えます。どうやって、この自然の美しさや奥深さ、また厳《きび》しさや、やさしさをそのまま画布《がふ》に写せるだろうか、と。自然そのものと比べたら、自分の絵はなんと下手《へた》だろう、と。

僕には、きっと才能がないのですね」

ルネは一息にそこまで言うと、抱えている絵の道具に目を落とした。

シェニエの影深い目が、にわかに輝きを帯びた。彼は、ルネの言葉を聞きながら、ジャンルこそ違え、同じく芸術を志した少年の頃を懐《なつ》かしく想《おも》い返した。そして、思わずルネを励まして言った。

「いいかね、ルネ君。才能といったところで、どれだけ長い辛抱《しんぼう》に耐えられるか、そのがまん強い持続の力のことをいうのだよ。だから、心にひとたび決めたら、決してあきらめてはいけない」

ルネは、真剣な目でシェニエを見た。

「芸術家になろうというのなら――それは、芸術に限らないことだが――飽《あ》くことのない求道の心を持ち、君の仕事をどんなに人が中傷《ちゅうしょう》しようとも、臆病《おくびょう》にならないことだ。長い長い辛抱が必要なのだよ。苦しい汗と涙があって、はじめて芸術は生まれるのだよ」

「………」

「いや、時には、血さえも、芸術を輝かすのさ」

ルネは、驚いたように目を見開いた。シェニエの眉根《まゆね》が、急に険《けわ》しくなったように見えた。

どちらからともなく二人は、草の上に腰をおろしていた。

ルネが、口を開いた。

「僕は生涯、風景画を描き続けようと思います。ただ、……」

ルネは、ふと口ごもった。

「ただ、……今、僕は迷っているのです」

「迷っている?」

「あのヴェルサイユ襲撃の事件を、僕は目撃したのです。パリから暴徒《ぼうと》が来てヴェルサイユが大騒ぎだという報《しら》せがこの村に届いて、父と一緒《いっしょ》に行ってみました。着くと、もう騒ぎは収まったあとで、髪を振り乱《みだ》して、ぼろをまとった女達の行列が、意気揚々《いきようよう》とパリへ引き返していくところでした。そのありさまは、ああ、その恐ろしさは、とてもこの世のものとは思えないものでした。槍《やり》や銃を手にした先頭の女達の列には、王宮で斃《たお》した衛兵《えいへい》達の首が……。思い出しても、体がふるえます。ああ、本当にどうして、あのような残虐《ざんぎゃく》なことができるのでしょう。彼女達は鼻歌まじりで、沿道からは喝采《かっさい》の声さえあがり……。僕の胸は痛みました。革命とは、革命とは、かくも人間を残虐にするものなのか、と」

「……」

シェニエは、無言であった。

「それからは、僕の心の中には、このまま安穏に絵を描いていていいのか、という思いが湧いてきました。パリは革命で騒然《そうぜん》としていて、地方には反革命の反乱が起きている。外国からの武力干渉《かんしょう》も激しいということです。祖国のために、僕も革命の動きに身を投じるべきなのか。それにしても、あんな流血騒ぎに加担《かたん》すべきか。それとも……」

時は、ルイ十六世がギロチン台の露《つゆ》と消え、神権《しんけん》王制が終わりを告げた一七九三年一月二十一日からほどない五月のことであった。共和主義者の中でジャコバン派とジロンド派の両派の抗争が激しくなり、更には王党派の残存勢力の蠢動《しゅんどう》も加わって、国内の主な都市を軸《じく》に血みどろの闘争が展開されていた。

対外戦争も、一進一退の状況下にあった。

ただ、ビエーブルのような人口希薄《きはく》な寒村《かんそん》は、革命の激動からは遠かったといえる。

シェニエは、しばらく口を閉ざしたままであった。ルネも言葉の接《つ》ぎ穂《ほ》が見つからないまま、二人の間には重い空気がただよった。

ふと、シェニエが、草かげの小さな白い花を指さした。

「なんと可憐《かれん》な花だろう」

「え?」

自分の切羽詰《せっぱつ》まった問いかけにはまるでかかわりのないような言葉が、ルネを驚かせた。

「あ、失敬《しっけい》。決して君の話を無視しようというわけではないんだ。でもね……」

ルネの方に返したシェニエの瞳《ひとみ》の底が、何ものかへの激しい意志に燃えていた。

「運命を見つめていると、かえって、こんな小さな花の美しさが胸に染《し》みるのだね」

謎《なぞ》めいた言葉に、ルネはあっけにとられた。

（この人は、この革命騒ぎに関係がある人物かもしれない）

そんな思いが、ふと頭をかすめた。

その時、シェニエの口から、思いがけない言葉の音律が、低くつぶやくように、
しかし力強く、流れだした。

おお、僕の青春の日々よ
バラの冠《かんむり》を戴《いただ》いた日々よ
君らが去ってからというものは
虚《むな》しく長い後悔《こうかい》に沈むばかり

麗《うるわ》しき日々は　いくたびか僕の涙に曇りはしたが
悩みの中にこそ喜びを味わわせてくれた日々よ
やがて　君ら青春の花々は　僕の頭上に色褪《あ》せるのだ！
ああ！　年月の疾《と》き流れは
君らを遠く飛翔《ひしょう》させて
二度と僕の手に返してはくれない
……………………

（この人は、詩人なのかもしれない。きっと、政治家なんかじゃないんだ。自分の詩をうたって、僕に答えてくれようとしているんだ……）

ルネは、じっと耳をすました。

低い吟唱《ぎんしょう》は、なおも続いた。

僕の少年期をはぐくんだもの
それは芸術の喜びだった

ある時は
銀の足の妖精《ようせい》が水を揺《ゆ》らす
その長い揺籃《ゆりかご》のような川を源《みなもと》からたどりつつ
すらすらと　誰《だれ》からも習わずに
僕の手は紙の上に書きつけるのだ
愛と孤独の申し子たる　詩歌を

……………………

芸術よ　おおそれは
人生には愛すべき魅惑者《みわくしゃ》となり
どんな暗い絶望をも微笑み慰《なぐさ》めてくれる
苦悩の時の確かな友　変わらぬ恋人
その愛も抱擁《ほうよう》も金では買えぬ
芸術よ　恵みの神々よ
その愛好家らはいくたびかあなたを悪《あ》しく使用して衰微《すいび》させたこともある

あまりに多いそんな汚行《おぎょう》に僕は毫《ごう》も加担しなかった
あなたの妬《ねた》まれやすい桂冠《けいかん》をば
盲目《もうもく》の「運命の女神」を娶《めと》った男達の額に
おもねり冠《かぶ》せようなど毫もせず
あなたが授《さず》けてくれた天分を汚《けが》すまいとしてきた僕だ
卑屈《ひくつ》な嘘《うそ》を言ってまで
あなたを安く売り飛ばそうなど
そして自分の詩をあちこちと野心家の読者に見せたりして
お追従《ついしょう》の詩才で魅惑しようなど
僕は断じてするものか
アベルよ、若き友アベル
それにトゥルデンヌとその兄さん
彼ら遠い幼《おさな》い時からの旧友よ
昔、四人そろって不人情な教師の前に

黙って手をさしだして罰《ばっ》をうけたっけ
そして詩神ミューズそのものの僕の弟やル・ブラン
詩神を愛しながらも捨てたド・パンジュ
これが時おり夜会する仲間の全《すべ》てだった
苦心して僕の口から形になった詩句に
友らしいまた手厳《てきび》しい耳を傾けてくれたっけ
旅につきものの新発見を愛する僕は
貪欲《どんよく》な目につれられてあちこちと旅に出るだろう
そのたびに
いつでもこの懐かしい仲間の懐《ふところ》に帰りたいものだ

……………………

詩を口ずさみ終わると、ゆっくりとシェニエは立った。そして、川の向こうにゆるく迫《せ》り上がっていく丘陵《きゅうりょう》の彼方《かなた》に目をやった。

「ほら見たまえ。空があんなに明るく晴れている。この晴ればれとした空を胸の中にしっかりとうつして、いつもいつも澄《す》んだ青空のような気持ちで生きていけたら、どんなにか幸福だろう。どんなに苦しくても、辛《つら》くても、こんなに空が晴れている日には、なんだか希望が胸いっぱいに湧いてくるじゃないか。だから、心の中には、いつも晴れわたった大空を失ってほしくない」

ルネの心には、シェニエの語る詩と言葉とが、深い波紋《はもん》を描き始めていた。

シェニエは、目を周囲に移して言った。

「まるで、草葉が緑を輝かせて風にたわむように、若い君らの心は多感で、まわりに動かされやすいのも無理はない。だが、少々の風が吹いたからといって、本当の自分の行く手を見失うようではいけない。私は、君の才能を惜しむ。どうか、わき目もふらず、わき道にそれず、君自身が決めた道を進みたまえ」

「…………」

「今の私には、芸術が、詩を書くことが、生きることと同じなのだ。詩を書いて遺《のこ》すことは、自分の命が幾《いく》世代にも生き続けることと同じだと信じているのだよ」

「ああ、あなたは、やはり芸術家、詩人なのですね。……そういえば、ル・ブランという詩人の名を聞いたことがあります」

「ル・ブランは、私に詩の手ほどきをしてくれた、有名な詩人さ。大先輩さ。でも、世間では、私のことは少しも詩人だなんて思ってはいない。ほんの少しの私の仲間しか知らないのだよ。ほとんど、作品を世間に発表したことがないのだもの。今、君の芸術への熱い思いに、つい、下手な詩を口ずさんでしまった。そこには私の気持ちを込めてあるけれど、自分の作品を売り込もうとか世に出そうというつもりは、さらさらないのさ。あれは『エレジー（悲歌）』という、私の若い時の詩、そう十九の頃から書きためたほんの一節なんだ」

「あなたの名は？」

シェニエは、それには答えなかった。

「うん……。ド・パンジュ兄弟も、アベルも、トゥルデンヌも、みんなコレージュ・ド・ナバールという、私が十一の時から十九まで学んだ、その同じ学窓《がくそう》の友達なのだよ。私達は友情で固く結ばれていた。眠れない夜を、キケロやモンテーニュを読み合ったり、詩を論じたり、自由や正義について議論したり……。私は、その大切な友達一人一人に捧《ささ》げる詩を書いたものだ。もし自分の詩が後世に遺るのならば、友達の名や、その良い性質や思い出をも後世に遺せるだろうからね。友情は、天からの最も素晴らしい贈り物だもの」

パリのコレージュ・ド・ナバールは、一三〇四年に創立された、古い伝統を持つ名門校で、「フランス貴族の揺籃《ようらん》」と言われたほど、主として軍人や法曹《ほうそう》界や官吏《かんり》の職にあった貴族の子弟《してい》を集め、百人そこそこという定員での高いレベルの少数英才教育で有名だった。シェニエの家柄も、祖父が王室の秘書を二十年間務《つと》め、父ルイ・シェニエもモロッコ駐在領事《ちゅうざいりょうじ》になったことから、まずまずの家格《かかく》であった。子ども達を貴族階級の中で教育しようという父の意にそって、二人の兄に続いてコレージュ・ド・ナバールでの寮生活に入ったシェニエは、そこで、ド・パンジュら生涯の——あまりにも短い生涯の——良き盟友《めいゆう》に恵まれたのであった。

シェニエは、そんな遠い昔を、懐かしく心に描いていた。

「年若い頃に教わることで、何が一番大切かといったら、それは、友達同士の信頼と、大きな理想や憧《あこが》れを探《さが》すことと、そして何よりも大切なのは正義を重んずる勇気だろう。私達、あのナバール校でともに遊び、学んだ仲間は、今でも親友であることに変わりはない。いや、それどころか、生死の境で、兄弟のように結ばれているといってもいいくらいなのだよ」

ルネには、シェニエと詩中の人物との絆《きずな》がおぼろげながら納得《なっとく》できた。しかし、それ以上に、おだやかな言葉の中に一種の熱があって、自分の心を魅《ひ》きつけている、この目の前の青年詩人の名を知りたかった。一方、シェニエの方も、もう警戒心はすっかり薄れていた。この一途な少年に、なにか愛着が感じられてならなかった。どのみち、自分がヴェルサイユに潜伏《せんぷく》していることは、当局には知れている。それに、自分の名を明かしてもルネには何も分からないだろう。

「ああ、私の名は、アンドレ・シェニエというのだ。弟は、マリー＝ジョセフといって、詩人で、劇作家だが。この道では、弟の方が有名なんだ」

マリー＝ジョセフ・シェニエといえば、戯曲《ぎきょく》「シャルル九世」で知られる新進の売れっ子の作家であった。それに革命を祝う国民的な行事では、詩を朗読《ろうどく》して祭典に花を添《そ》えている。彼は、熱烈なジャコバン主義者であった。

ルネも、その程度のことは、耳にしていた。

ルネは、著名な作家の兄との、こんな偶然の出会いに心を弾《はず》ませた。

「それでは、あなたも弟さんと同じようにジャコバンを支持しているのですね?」

シェニエは、答えを返さなかった。いやむしろ、ルネにそう思い込んでもらっている方が、安全だと思った。もはや、ジャコバン政権は、シェニエを、反革命的な危険人物と見なして、ある決定的な機会を、虎視眈々《こしたんたん》と狙《ねら》っていたのである。言いかえれば、シェニエ兄弟は、政治的には、全《まった》くの対極《たいきょく》に立っていたのであった。

シェニエの表情に、寂《さび》しげな影が浮かんだ。それから彼はようやくルネに背を向けて、帰ろうとした。黄昏《たそがれ》の深まらぬうちに、谷道《たにみち》を抜ける必要があった。

「さようなら、ルネ君。君は、とても良い少年だ。きっと立派な芸術家になれるだろう。ここは、とても素晴らしい所だ。できれば、もう一度、この場所に来ようと思っている。その時に会えるのなら、また君のデッサンを見せてくれたまえ」

ルネも、もう一度会いたいと思った。この青年詩人の言葉も、雰囲気《ふんいき》も、不思議なくらい、自分の心を温めてくれるものがあった。

ほっと大きく息をして、見上げると、ほのかなバラ色のニュアンスが空を染《そ》め始めていた。

シェニエの後ろ姿が、花ざかりの道を右にのこして、小さな丘の麓《ふもと》のゆるい坂をくだっていく。

それは、背や肩まで隠れるような灌木《かんぼく》の茂みをしばらく進んでいき、やがて濃い森陰に見えなくなった。

ルネは、佇《たたず》んだまま、どんどん濃く谷間を染めていく夕日の色に見入っていた。

（二）

次にシェニエがルネと会った時も、よく晴れた日であった。

川から水を引いて堰《せ》いた、ささやかな池がある。ルネは、そのほとりに画架《がか》を据《す》えて、写生に熱中していた。ふと人の気配を感じて振り向くと、シェニエが笑顔で立っていた。

夏に間もないビエーブルの谷の若葉は、日に日に濃《こ》くなっている。あれから僅《わず》かな日数《ひかず》のうちに変わりゆく緑のさまに感嘆《かんたん》しながら、そよ風に吹かれて歩いていたシェニエが、遠くにルネの姿を見つけたのであった。

何のためにしつらえたのか、ちょっとした木柵《もくさく》が岸辺に埋《う》め込まれてあり、シェニエはそこに腰を掛けることができた。

思いがけなく、水面《みのも》に、見なれない褐色《かっしょく》の動物が顔を出すことがあった。

「ああ、あれを見てください。ビエーブルの地名は、あの動物に由来しているのですよ」

ルネがちょっと説明した。

ビエーブルとは、この辺《あた》りの川水《かわみず》に棲息《せいそく》していたビーバーを意味するガリア語からきている。ビーバーは、澄《す》んだ水泡《みなわ》を掻《か》き立てながら、気持ちよさそうに遊んでいる。それを珍《めずら》しげにシェニエが眺《なが》めていると、ルネがデッサンの手をとめて、近づいてきた。

「どうです、シェニエさん、ここの美しさがすっかり気に入ったでしょう。きっと、詩の材料もたくさん見つかったのではないですか？」

シェニエは、とっさには答えられずに、ただうなずいて見せた。

ヴェルサイユに身を隠してから、ひと月が過ぎようとしていた。彼は、時には詩材を求めてヴェルサイユとその近辺を歩くことはあったが、心は少しも休まる暇《いとま》はなかった。この頃《ころ》、一七九三年の四月から六月にかけて、ジャコバン派などの山岳《さんがく》党とジロンド党の対決は、頂点に達しようとしていた。ジロンド党が、山岳党の〝人民の友〟と呼ばれる重鎮《じゅうちん》マラーを告発し、革命裁判所に送ったものの、マラーは無罪放免となる。これに対して、山岳党は、ジロンド派二十二人のリストを提出して、議会（国民公会）からの追放を要求した。五月に入ると、ジロンド派はデモによる示威《じい》行動に出たのに次いで、過激派ジャーナリストのエベールをはじめとする山岳派のパリ・コミューヌの役人達を逮捕《たいほ》するという弾圧を強行した。

この事件は、かえって山岳党を刺激して、いわゆる恐怖政治への道を決定的に開く直接の引き金となってしまう。国民衛兵軍《えいへいぐん》が決起して国民公会を十重二十重《とえはたえ》に包囲《い》し、ジロンド派議員の多数が、逮捕されるか、あるいは難を逃《のが》れた者は地方に落ちのびた。山岳党独裁《どくさい》が樹立されたのは、五月末から六月初頭にかけてのことであった。

事態は、急速に、恐怖政治の奈落《ならく》へとなだれ込もうとしていた。

シェニエは、かねてから憂慮《ゆうりょ》し、鋭《するど》く糾弾《きゅうだん》してきたことが、現実になりつつあることに戦慄《せんりつ》し、悲憤《ひふん》した。だが、自分自身もまた、革命裁判所の追放者リストに名を連ねている身であった。危険は、じわじわと彼の身に迫っていた。

そんな自分を慰《なぐさ》め、勇気づけてくれるものといえば、唯一《ゆいいつ》、詩作に鵞《が》ペンを走らせる時であった。そのためにインスピレーションを求めて、ヴェルサイユの街《まち》の、とくに人目につきそうにない裏小路《こうじ》や郊外の森のあいだをさすらうことを日々の勤《つと》めとした。時には、大好きな、少年時代から慣れ親しんできたギリシャ古典詩の研究に取り組むこともあったが、何もかも忘れてそれに没頭《ぼっとう》する心のゆとりはできなかった。学問好きの彼には、この最も学問を吸収できる青年時代において、それが何より辛《つら》く悲しいことであった。

シェニエは、真実の革命の理想を欺《あざむ》き、祖国を害する政治的罪悪の跳梁《ちょうりょう》を、絶対に許せなかった。とりわけ、革命裁判という虚偽《きょぎ》の法廷が、多くの人々を無実の柩《ひつぎ》へと押しこめていくであろうことは、目に見えていた。だが、もはや自分一人の力では、いかにしてもこれを押しとどめることはできない。

シェニエが時に、言い知れぬ倦怠《けんたい》と絶望に心を搔《か》き乱《みだ》されるのは、そのような理由からであった。明るい春の景色が、突然、黒い喪《も》の色に覆《おお》われて見えることがあった。

やがてビエーブルの谷間に足を踏み入れて以来、シェニエは、このフランスの大地らしい美しさに輝く渓谷《けいこく》を、自分の永遠の安息の場所にしてもいいという思いが募《つの》っていた。ビエーブルの自然を、詩材としてではなく、自分の墓標《ぼひょう》の地として考えるようになっていた。

だからこそ、ルネの問いを、シェニエは無言で受けとめたのである。

二人のまわりには、レンゲ草がじゅうたんのように広がっている。その真ん中にルネが腰をおろして、言った。

「こうして自然をじっと見つめていると、自分の心の中に、言い知れぬ感動が生まれてきます。そのままの感動を失わないように、大切に心に刻みつけ、カンバスに向かうようにしているのですが……」

ようやく、シェニエが口を開いた。

「それは、この目に見える自然をうつしているようでいて、その背後《はいご》に、目に見えない、広々とした深遠なものをうつしとることなのさ。詩も、それは同じことだ。

それが芸術というものなんだ」

するとルネは若々しい瞳《ひとみ》を一層明るく輝かせて言うのだった。

「僕は、ときどき不思議な思いに駆《か》られることがあるのです。こんなに晴れたおだやかな日、こうして自然の中に身を置いて、絵筆も何も投げ出して、草原に仰向《あおむ》き、目を閉じると、何だか自分が自然の一部分になったように思えてくるのです。そして、外界《がいかい》のとてつもない広がりが身にひしひしと迫ってきます。この豊かな空気や光や青い空が、胸の中をいっぱいにふくれ上がらせ、まるで血管のすみずみにまで染《し》み透《とお》ってくるように感ずるのです。ふと思います。人間の魂《たましい》というものは、自然の精《せい》ともいうようなものと通い合っているのではないだろうか、と」

ルネは、間違いなく芸術の入り口に立っていた。

そんなルネの若々しい魂の閃《ひらめ》きが、シェニエには一層いとおしく思えるのであった。

「無限への憧《あこが》れ。悠久《ゆうきゅう》なるものへと向かう感情。これこそが、あらゆる芸術と、人生の源泉なのだよ。それを求めてやまぬ君の若々しく光るエネルギーが、芸術や現実の生活の創造を成《な》し遂《と》げるエネルギーとなるのだよ」

シェニエがそう言うと、ルネは、なおも自分の思いを言葉にしようと努《つと》めた。

「何か、自然の一つ一つの奥に、目に見えず、それでいてあらゆるものを存在させ、運動させている大きなものがあるような、そして自分もその小さな一部であるような思い。この空をもしのぐ大きな一つの生命の、小さな表れであるような、ほら、あそこに見える楡《にれ》や、橡《とち》や、薊《あざみ》や、楓《かえで》といった木や花の生命感に心をときめかす時、自分もまたそれらと同じ一部であるような……。そんなことをつくづくと考えると、大きな一つの生命と同じようなものが自分の中にもあるのではないか、と、ふと思うことがあります」

「そうなのだよ。自然の中の永遠のリズムに静かに耳を傾けていると、自分の体の中にも同じような永遠のリズムがあるように思えることがあるものだ。君の実感は、決して間違ってはいない」

シェニエは、傍《かたわ》らの草を分けて少し踏み込んでから、ルネから遠くないところに座った。

「そのうえ、このさまざまな植物や、空や、川の流れやらが雑然と配置され、思い思いに動いていく。それなのにその全体がみごとな生命の歓《よろこ》びをうたっている。そうすると、それらの生命の背後に、何らかの秩序《ちつじょ》の力というようなものが感じられるじゃないか。ルネ君、人間というものは、常に向上を目指すものだ。目に見えないもの、奥深いもの、永遠にして絶対なるもの——そういうものを探しながら、自分の魂の飛躍をはかろうとするものなのだ。その一つの表れが、詩や、絵画や、文学といった、芸術なのだ。それは、信仰にも似ているものだ。だから、芸術とは、自然にそなわる生命の息吹《いぶき》や、その背後の永遠の脈動《みゃくどう》をうつそうとするものだといっていい」

それから二人は、しばらく黙って周囲の景色に目をやっていた。池のみぎわに近い小石の底が、午後の光を反射して、きれいに透《す》いて見える。

「ところで、君は今の革命のことを気にかけていたね」

シェニエが、語りかけた。

「芸術を捨てようかどうか、迷っていたようだったね」

「…………」

「芸術は、一見、こういう時代の激動の前には無力に見えるかもしれない。しかし、それは大きな間違いだ。芸術そのものが、時には大いなる抵抗運動となりうるものなのだ。なぜなら、芸術は、人間そのものの力の表明なのだから、時代を導く原動力ともなりうるのだよ」

ルネは、シェニエの言葉が、自分の日頃《ひごろ》の懸念《けねん》を晴らしてくれるかもしれないと、じっと耳を傾けた。

「芸術というのはね、一つの予感なのさ。偉大な芸術家は、必ず、やってくる時代の予告者なのだ。その鋭敏《えいびん》な心には、やがて起ころうとする時代の潮流が、他の人々よりも先に動き始めているのだね。直観。魂の、うちなる無意識の叫《さけ》び。それが、芸術という形をとって表れる。だから、不幸にして早すぎて生まれてくる者もあるが……」

シェニエの言葉は、いつしか熱を帯びていった。

「もし、この革命の精神が、少なくともその最初の出発にうたいあげた新しい人間精神の解放が、正しいものとすれば、それが芸術にも新しい命《いのち》を吹き込まないはずがない。必ず、新しい芸術が生まれることは間違いあるまい。だから、君は政治的な運動それ自体に身を投じなくとも、この革命の新しい息吹に触《ふ》れた傑作《けっさく》を遺《のこ》せるならば、それが君らしい革命への参加であり宣揚《せんよう》となるのではないだろうか。だから、君は君らしく、自分の道を行けばいいのだよ」

ルネは、深くうなずいた。

「それに、僕はこの頃《ごろ》、この革命が高く掲《かか》げた『自由』や『平等』や『友愛』の崇高《すうこう》な理念のためには、その根本となる、もっと深い精神の泉が必要だろうと思われてならないのだ。そう、それだけでなく、詩も、絵画も、愛も、人間の命も、きっと、たった一つの同じ泉から湧《わ》き出ているのに違いない、そんな思いがしてきている。その泉は、あの青い大空のずっと奥にあるのかもしれない。あるいは、君の魂のずっと深くに潜《ひそ》んでいるのかもしれない。若い君は、これから、その泉を見つける旅にのぼるのだよ。人生という旅にね。……僕には、もうその時間の余裕がないのだもの」

呟《つぶや》くような最後の言葉が、急にルネの胸を重苦しくした。

「いや、すまない。君の熱心な写生をすっかり邪魔してしまった」

シェニエは、池のほとりを離れようとした。その時、ルネが急に伸びあがるようにして、大きな声をあげた。

「あ、お父さんだ。ちょうどいい、父に会ってください、シェニエさん」

ルネが指さす方《ほう》を見ると、池の向こうの茂みのあいだに、男が現れた。シェニエは、ふと顔を翳《かげ》らせた。万が一を恐れて、誰《だれ》にも顔を会わせたくなかったし、ましてや言葉を交《か》わすことは避《さ》けたかった。男はやがて池を半周して近づいてき、帽子をとると、片手を差し出した。

「こんにちは、ムシュー。初めまして。どちらからか、お散歩ですか？」

こんな片田舎《かたいなか》に、一人で珍《めずら》しい、と言いたげな面持《おもも》ちで、シェニエに会釈《えしゃく》した。やむなく、シェニエは答えを返した。

「ええ、この谷の中を歩いていると、本当に気分がよい。こんな静かな自然の真ん中で生活できるなんて、うらやましいことですよ。ルネ君のお父さん、息子さんは、きっといい画家になるでしょう」

年の頃五十ぐらいと見える父親は、農夫らしい健康な笑顔を見せた。息子のルネと同じ屈託《くったく》ない話しぶりで、純朴《じゅんぼく》そのものの感じがする。息子と青年とが親しげに語らうようすを遠くから垣間見《かいまみ》たことも、父親を一層気楽にさせていたようであった。

「こんな地味の痩《や》せたところで畑仕事をやる者は、ほとんどいません。だから、息子には後を継《つ》いでもらいたかったが、どうしても絵かきになりたい、と言うものでして」

「ほかに子どもさんは？」

「いえ、これっきり。私の手一つで育てましてね。つれあいは、流行病《はやりやまい》で、これが小さい時に喪《うしな》いました」

父親は、それから作物の出来などをこもごも語った。

「作物がよくとれる時も、とれない年もありますがね。まあ、悪いことの方が多いですが」

シェニエは、ここでの険《けわ》しい農民生活を思った。おそらくは、朝は明けの星とともに起き、夕べは宵《よい》の星を背にして帰るような、働きづめの野良《のら》仕事であろう。父子《おやこ》二人の収穫も大したものではあるまい。

「男手一つで、よくやってこられましたね」

思わずシェニエが言うと、父親はうれしそうに笑った。

「多少つらいことがあっても、楽しみはあるものです。仕事に疲れたら、森の精や花の精に抱かれてひと眠り、というわけで。来る日も来る日も、同じような畑仕事。それでも一日じゅうの野働《のばたら》きのあとの、気持ちのいい疲れと食欲は、何とも言えない愉快《ゆかい》なものです」

シェニエは、まるで大地の色が染み込んだように黒褐色《こっかっしょく》に日焼けした、朴訥《ぼくとつ》な、農夫の風貌《ふうぼう》をじっと見つめた。四角ばった厚い頬《ほお》に、ごま塩髯《ひげ》をたくわえ、いかにも労働のエネルギーを感じさせる体躯《たいく》をしている。

父親は、自分に向けられている青年の目に、しばらく黙ったまま視線を合わせていたが、急に話題を変えた。

「革命なぞと、世の中がばかに騒《さわ》がしいじゃありませんか。農民の生活を楽にしてくれるそうだから、ありがたいことだが……」

シェニエは、無言でうなずいた。

村の仲間から革命のなりゆきについて聞くことがある、と父親は言った。ルネと一緒《いっしょ》にヴェルサイユへ行って目撃した騒動《そうどう》のことも語った。

「そうそう、きのうのことですがね」

ふと想《おも》い出したように、父親は、シェニエの目を見つめながら言った。

「何でも、ヴェルサイユの近辺に逃げている反革命家が幾人かいるそうで、もし心あたりがあれば届け出るようにという通達《つうたつ》が触《ふ》れまわられましたが……」

シェニエは、内心ひやりとした。

ルネは、シェニエの身柄《みがら》にまで話が発展するのを、直観的に恐れた。父親に詳《くわ》しく知られない方がいいという衝動《しょうどう》が働いた。

「お父さん、このかたは詩人なのだよ。この間も、素晴らしい詩を聴《き》かせてくれたのだよ。革命には関係ないんだ」

すると、父親は驚いたように、大きな目をなお丸くして、シェニエの顔をのぞき込んだ。

「詩人……、詩人ですと?」

なにか記憶をたぐり寄せようとでもするような顔つきで、呟《つぶや》いている。その一瞬の表情の変化に、シェニエは身の危険を読み取った。父親は、じっとシェニエの目をのぞき込み、それから身なりにもあらためて注視しているようだった。が、すぐに実直そうな笑顔に変わった。

「それは、良かった。ルネも芸術家になろうというわけだから、どうか力づけてやってください」

農夫らしい率直《そっちょく》な、粗《あら》っぽい声でそう言った。

「ただ、これは、村の仲間と、今の革命のことであれやこれや話しながら考えたのですがね……」

シェニエは、内心の警戒《けいかい》をとかぬまま、次の言葉を待った。

「革命というのは、人間を生かすためのもので、人間を殺すためのものじゃなかろう、ってね」

父親は、無表情にそう言った。

シェニエは、自分の張り詰めていた気持ちがみるみるほぐれて、父親の言葉が、胸の奥まで染み透っていくのを感じた。

「殺し合いや、まして、その手助けなどはご免《めん》です。……それに、何事も、私ども農民がねちねちへっこまずに畑を耕《たがや》すようにやることとです。そうすれば、いつかは芽も出て、収穫もある。急に思いどおりに変えちまおうとやりすぎるから、こんなに世の中が大騒動になって、芽のつみ合いになるのではないですかね」

シェニエは、蘇《よみがえ》ったように心がなごんでいくのを覚《おぼ》えた。そして、節太《ふしぶと》い手を広げて話しかけてくる農夫の、彫塑《ちょうそ》的とも思えるたくましい風貌をもう一度見つめ直すと、その全身からある一つの感慨《かんがい》が浮かんでくるのだった。それは、硬《かた》い岩石の質というような、なにか堅牢《けんろう》で風化せず、不動なものの強い印象であった。

それと同時に、シェニエの脳裡《のうり》を、ギリシャ古典のある一節がかすめた。

――『何かをやりすぎるということは、逆に大きな反動をもたらしがちなものであって……とりわけ国制においてそうなのだ』

学校時代から丹念《たんねん》に読んでいたプラトンの言葉であった。

民主制が、なぜ専主制の暴虐《ぼうぎゃく》を生み出すか。それは、〝何か〟をやりすぎるから。その〝何か〟とは、プラトンは、民主制の生命である「自由」そのものを指していたではないか——。「自由」がはらむ背理《はいり》。この革命が直面しているのも、まさにその問題ではないか——。

シェニエは、そんな短い記憶や想念《そうねん》の閃《ひらめ》きとともに農夫の言葉をかみしめたのであった。

父親が話題を、ここでの生活に戻すと、シェニエはもう危険を感じなくなった。やがて、父子《おやこ》に別れを告げようという時に、彼はルネに明るい顔を向けて言った。

「ああ、ルネ君、一つだけ言い添《そ》えておくけれど、詩も、絵も、『友愛』への、またとない作業でもあるのだよ。なぜなら、それは、何の注釈もなしで、あらゆる人々が分かりあえるものだからね。芸術は、人の心と心とをつなぐ『友愛』の懸《か》け橋となる。これこそ、フランス革命の一つの柱じゃないか。がんばりたまえ、ルネ君。それから、これを君にあげよう。いや、もらってくれたまえ。何もあげるものがないものだから」

そう言って、シェニエは、自分の襟《えり》もとから絹地《きぬじ》の白いスカーフを取り、ルネに差し出した。汗やほこりに汚《よご》れて皺《しわ》んではいたが、ルネの手に詩人のぬくもりが触れた。

立ち去っていくシェニエの背に向かって、父親が怒鳴《どな》るような大声で言った。

「ご心配はいりませんよ、ムシュー。気をつけていきなさいよ」

振り向くと、農夫は親しみの込もった目付きを一層やわらげて、軽く手を挙《あ》げた。

やがて、シェニエの姿が、彼方《かなた》の林の陰に消えた。父親も、家の方へ帰っていった。

ルネは、再びとりかかった写生の手をとめて、空を仰《あお》いだ。谷間の上空は、青く深く凪《な》いだ海のように、どこまでも晴れわたっている。その青さが、全身に染み込んでくるようであった。空を見上げながら、詩人との会話を、心に反芻《はんすう》してみた。

そして、自分が決めた通り、わき目もふらずに画家への道を進もうと思った。

家に帰ると、ルネは、父親から意外な話を聴かされた。前日、当局から通知された潜伏中の反革命運動家の中に、詩人の肩書《かたがき》を持つ人物もいた、というのである。名前は忘れたが、年齢はあの青年と同じぐらいだろうと。

「だが、殺し合いの手助けはご免だ」

父親は、ぽつりとそう言うと、もはや青年の名前を尋《たず》ねようともしないで、黙り込んでしまった。

ルネは、はっとした。自分の部屋にひきこもると、脇《わき》のポケットから、あのスカーフを取り出してみた。そして、詩人がふと「もう自分には時間の余裕がない」と漏《も》らした言葉を、何度も想い返した。

もう、あの人に、これきり生きては会えないのではないか——。スカーフを握りしめながら、不安の翳《かげ》が消えなかった。

その日から、再びシェニエの姿をビエーブルの谷間に見ることはなかった。

（三）

パリは眠りにつこうとしていた。春はまだ浅く、街全体が、次第《しだい》に深まりゆく夜霧に閉ざされようとしていた。

パリの西端に位置するパシー界隈《かいわい》は、市央部《しおうぶ》とは違って、なお一層ひっそりと静まり返っている。その一角に、鉄さびがこびりついたような大きなよろい戸をもつ白壁《しらかべ》の建物がある。シェニエが、その奥に身を潜《ひそ》めていた。親友フランソワ・ド・パンジュが傍《かたわ》らにいる。建物は、ド・パンジュが、仲間達との秘密の連絡場所としていたもので、シェニエも、ほんの時折、姿を見せていた。

シェニエは、生きていたのである。ヴェルサイユ潜伏《せんぷく》中に、人知れず世を去ろうという衝動《しょうどう》に一度はとりつかれた彼であったが、今や、その考えをきっぱりと捨てていた。

「革命とは、人間を生かすためのもの」──あの農夫の言葉が、いつまでも耳朶《じだ》にこびりついていた。そして、日を経《へ》るにつれて大きな叫《さけ》び声となって胸に反響し、自分に生き続けることを促《うなが》すのであった。彼は、自分が決めた本来の道──詩人たる人生を、一日でもよい、自分の決めたままに生きよう、と思っていた。あたかも蜜房《みつぼう》に閉じこもった蜜蜂《みつばち》のように、己《おのれ》がひっそりと生きているその狭い場所でもよい、精いっぱい生きられるだけ生きようとした。そして、少しずつ蜜をたくわえて、やがて美しい愛と、悲しい運命の予感とに充《み》ちた長編の叙情詩《じょじょうし》「ファニー」が結晶《けっしょう》した。また、なかば廃園《はいえん》と化したヴェルサイユの宮殿の庭や周囲の自然からインスピレーションを汲《く》んで、己と祖国の行く末を嘆じ、正義と弾劾《だんがい》とに充ちた、美しく、力強い詩を書いた。後に、フランス・ロマン派の先駆とたたえられる叙情詩は、こうして、苦悩する詩人のペンの先から紡《つむ》ぎ出されていった。

近くの教会の鐘が、低く、十時を報《しら》せた。

「いよいよ、くるところまできてしまったね。ジャコバンは、今や、血に飢《う》えた巨獣と化してしまった」

ド・パンジュが、気品のある顔を曇らせて、嘆息《たんそく》して言った。

この夜、二人は、幾週間ぶりかで再会したのであった。

コレージュ・ド・ナバール時代から無二の親友であったド・パンジュの、思慮《しりょ》深さと熱情とをあわせもった性格も、古典詩への傾倒《けいとう》という文学的趣味も、シェニエとよく似ているところがあった。夏の休暇を、シェニエはド・パンジュの実家で過ごすことが多かった。それは、ゆるやかに流れるマルヌ川のほとりにある、いかにも上流階級らしい壮麗《そうれい》な館《やかた》で、その辺《あた》りの広々とした自然とともに、シェニエの少年時代の忘れがたい想《おも》い出になった。やがて、二人は革命の渦中《かちゅう》に身を投じてからも、大義と友情の絆《きずな》を分かち合い、励まし合う、いわば勇気と高貴の心で結ばれた友であった。

小さな卓上の燭台《しょくだい》の薄明かりが、二人を近づけ合っていた。

この頃《ころ》、革命政府を取り巻く情勢は、常に破局の危機をはらみつつ、ますます混《こん》沌《とん》たる様相を深めつつあった。

先に触《ふ》れたように、一七九三年六月、ジャコバン派を支持する国民衛兵軍《えいへいぐん》と、武装した市民とをあわせて八万人の勢力が、国民公会を包囲《ほうい》して威圧《いあつ》し、それまで革命政府を動かしていたジロンド派を放逐《ほうちく》するというクーデターが起きた。この時、ジロンド派は二十九人が逮捕《たいほ》され、ほかの要人も地方へ逃亡するなどして、壊滅《かいめつ》的な打撃をこうむった。これにより山岳《さんがく》党独裁《どくさい》が、確立されるとともに、いわゆる恐怖政治が始まることになる。

当時、国民公会の中で革命を真に擁護《ようご》するただ一つの党を呼号《こごう》していたのが山岳党であったが、中でもジャコバン派が最も有力であった。山岳党というのは、公会の議場にあって、次第上がりになっている議席の上部の方《ほう》を占《し》めていたことから、そう呼ばれた、革命急進勢力の寄り合い所帯であった。

同時に、フランス内外に、危機は高まる一方であった。事実上の革命政府である国民公会に対して、ブルターニュ州、ノルマンディー州などの保守的な六十の県で反乱が起きており、内戦が危惧《きぐ》された。また、オーストリア、プロシア、イギリス、スペイン、サルジニアといった外敵が、国境のほぼ全線にわたり侵入を開始していた。

七月に入ると、〝人民の友〟と呼ばれて人気のあった山岳党の要人マラーが、ジロンド派の影響をうけた女性シャルロット・コルディに暗殺されるという事件が突発した。

この月、ジャコバン派の指導者ロベスピエールは、革命政府をとりしきっている公安委員会の委員となり、権力を掌握《しょうあく》した。

飢饉《ききん》が全土に蔓延《まんえん》し、物価は暴騰《ぼうとう》して各地に騒擾《そうじょう》が絶えず、これに対処して「買い占め」に関する法律が定められ、違反した商人を死刑にするなど、経済上の恐怖政治が打ち出された。

九月、「反革命容疑者に関する法律」により、〝自由の敵〟〝国民の敵〟を一掃《いっそう》する権限が、政府に与えられた。これにより、恐怖政治は急展開を見せることになる。

十月、ロベスピエールは、「正義によって治《おさ》めえぬ人々に対しては、剣をもって治めざるをえない」と演説した。

この月の十六日、旧王妃《おうひ》マリー・アントワネットがついに処刑された。三十一日、ジロンド派においては、その最高指導者十九人が処刑され、残りの逃亡《とうぼう》中の要人も、各地で裁判なしで処刑され、あるいは自殺した。

十月から年末にかけて、政治犯百七十七人が処刑された。

だが、この頃から山岳党自体の内部にも猛烈な分派闘争の亀裂《きれつ》が生じていた。ロベスピエールは、革命勢力内に「穏和《おんわ》主義」と「過激主義」の二つの危険があることを指摘して、弾圧のすそ野は広がる気配《けはい》を見せた。

翌年二月、ロベスピエールは「革命時にあっては、徳と威嚇《いかく》との二つが基礎となる」と演説して、恐怖政治による統治に不退転の意志をあらわしている。

「過激主義」のエベール派が、ロベスピエールと、「穏和主義」のダントンの一派とを、ともに批判していた。こうして、ロベスピエール、エベール、ダントンの三者入り乱《みだ》れての党派内抗争が、熾烈《しれつ》を極《きわ》めるところとなった。

シェニエとド・パンジュが密会《みっかい》したのは、この頃――一七九四年三月七日の夜のことであった。

「ああ、パリは、まるで墓場じゃないか」

ド・パンジュが、憂鬱《ゆううつ》そうに言った。

「ジロンド派のロラン夫人が、去年の十一月に処刑されたが、刑場に行く道すがら夫人が〝おお、自由よ、汝《なんじ》の名のもとにいかに多くの罪が犯されたことか〟と言ったと、巷間《こうかん》に伝わっているよ」

ド・パンジュが、そう付け加えて、肩で大きく息をした。シェニエ自身の周辺でも、親しい友人が一人また一人と、反革命活動のかどで投獄《とうごく》される者が相次《あいつ》いでいた。

ド・パンジュが、更に言葉を続けた。

「ロベスピエールは、たしかに、国王の処刑をもって最後の死刑とすることを表明していた。彼は元来、流血と暴力をきらっていた男だった。それは、僕もよく知っている。しかし、それが、急速に変貌《へんぼう》してしまった。今のところ、パリの民衆は、沈黙《ちんもく》している。いや、沈黙しているように見えるが……」

シェニエは、おし黙《だま》ったままだった。ド・パンジュひとりが熱弁をまくしたてた。

「民衆は、結局、自《みずか》らの欲《ほっ》することを成《な》し遂《と》げるだろう。民衆を、世論《よろん》を、傲慢《ごうまん》にも煽動《せんどう》によって自分の思うがままに従《したが》えているように見えても、それは幻想《げんそう》にすぎない。民衆は、自らの意思に従うだろう。彼らは、民衆の味方として振る舞っている。そう見せている。しかし、彼らが、本当に民衆を代弁しているのか？　この激しい党派争い――それが必ずそうであるように、個人的な争いに発展してしまったが――その手段に、民衆が利用されているとしか僕には思われないのだ」

二人は、互いの目の前にあるろうそくの灯《ひ》のかすかな揺《ゆ》らめきを見つめていた。

ようやくシェニエが重い口を開いた。

「人間と人間とを反目させるような革命、血を血で洗うしか解決の道がないような革命――。そうではなくて、もっと大きく、もっと深く、人間と、社会を、人間のあらゆる営《いとな》みの根本を変革していくような――そういう革命というものはないものだろうか。僕は、そんなことを、夢を見るように考えてしまうのだ」

「…………」

「この戦いの中から、何が残るだろう。そう、法の尊《とうと》さは残る。国家は残る。そして、ああ、あの『人権宣言』――これこそが理想だ。人間の権利と、自由と――。これらは、現実には踏みにじられているわけだが、その理想の光明《こうみょう》だけは少なくとも、擁護すべきものとして高く掲《かか》げられたのだ。これこそ、人類の宝鑑《ほうかん》としていつまでも光を失ってはならないものだろう……」

「そうだ。彼らは、遅かれ早かれ、民衆に見放される。民衆は、もういや気がさしてきている。もう疲れているんだ。この革命闘争も、かれこれ五年になるのだもの。きょうの友も、明日《あす》には敵になるような、めまぐるしい激流の五年だった。そのどんづまりの末期症状《しょうじょう》としてやってきた恐怖政治が、おそらくは返り血を浴びるようにして破綻《はたん》するのも時間の問題さ」

ド・パンジュが、こぶしをふるってそう言った。

「それは、その通りだ。でも、それでも、僕は、この暗闇《くらやみ》の中に光明が潜んでいることを信ずる。たしかに夜明けは開かれたのだ。今こそ、黎明《れいめい》の時なのだ。僕は、人間の心の中に、夜明けが来ることを信ずる。……そのために、もう、とうに覚悟《かくご》を決めていたんだ。僕は殉教者《じゅんきょうしゃ》になる」

「うん、僕にだって、その覚悟はできているさ。ルソーも言うように、〝敵の嘲罵《ちょうば》は、勝利者たちの行列につきまとう皮肉のこもった喝采《かっさい》〟なのだ」

ド・パンジュが、力を込めて応《こた》えた。

「殉教――。これこそ、永遠の自分自身への勲章《くんしょう》だ。この、遠い世紀への過渡期《かとき》という激変《げきへん》する時代の、見定めがたい潮流の中に手足をとらえられ、自分を見失ってしまった人々を、僕は、死に臨《のぞ》む瞬間に、大きく許してあげよう。それまで、その瞬間まで、僕はたたかう。それまでは、僕はひるまない、自分を信ずるがゆえに――。審判は、長い歴史が、そして絶対の摂理《せつり》がなしてくれるだろう。僕は、ただ、信ずるままに生き、たたかうのみだ。何をもって？　そう、ペンという、詩という剣《つるぎ》をもって」

シェニエの語気《ごき》も、次第に熱を帯びていった。

蠟涙《ろうるい》がしたたって、長く伸びていた。森閑《しんかん》として深まりゆく夜の闇が、部屋のうちからも感ぜられた。

突然、ド・パンジュが、顔をこわばらせた。

「しっ、静かに！　誰《だれ》か来るぞ」

シェニエも、表通りに聞き耳をたてた。

「少し離れたところに、馬車がそっととまる音がしたのだ。ほら、足音が近づい

てくる」

ばらばらと乱れた足音が近づき、建物の前でぴたりとやんだ。

「アンドレ、すぐ裏口から避難《ひなん》しよう！　追っ手かもしれない」

ド・パンジュがそう言い終わらないうちに、鉄の扉《とびら》をどんどん叩《たた》く音とともに、どなり声が聞こえた。

「開《あ》けろ、開けろ！　この中に、シェニエが潜んでいるはずだ。開けないと、扉をぶち壊《こわ》しても、入るぞ！」

その瞬間、シェニエは覚悟を決めていた。なぜか自分一人だけの名が求められていることが、幸いにも思えた。二人で逃げれば、二人ともつかまるかもしれない。この急場では、犠牲者《ぎせいしゃ》を自分一人にとどめることこそ賢明だ。自分が、ド・パンジュの逃走《とうそう》のために、時間をかせぐのだ——。

シェニエは、とっさにそう判断すると、ド・パンジュを秘密の裏口へとせかした。何気《なにげ》ない壁の一部が、強く押すと外へ通ずる出口になるのだった。

「アンドレ、一緒《いっしょ》に逃げよう、早く！」

ド・パンジュは、シェニエの手を引いて裏口から抜け出ようとした。その手をふりほどいたシェニエは、抗《あらが》うド・パンジュの体《からだ》を渾身《こんしん》の力でぐいと押し出しながら、言った。

「さよなら、フランソワ。これが、最後の別れと決まったわけでもない。きっと、いつかまた会える日がある。それまで、しばしのお別れだ。さようなら、わが友！」

名残《なごり》の言葉をそれだけ言うと、シェニエは、すばやく壁を元に戻して裏口を閉《と》ざし、それから正面の入り口へと、ゆっくりと歩いた。

扉を開けると、外には、猛々《たけだけ》しく肩をいからせた数人の男の姿が、部屋のうちから漏《も》れ出る薄明かりの中に浮かんだ。いずれも、毛糸の赤い帽子に、カルマニョルという短い上衣を着たサン・キュロットのいでたちで、槍《やり》や銃を手にしている者もいる。

「君が、アンドレ・シェニエか？　私は、この地区の警備を務《つと》めている市民のグエノという者だ。パシー地区委員会から、君を、反革命容疑者として逮捕するよう指令をうけている。一緒に、委員会まで来てもらいたい」

いつか来るべき時が来たのだ。

シェニエは、いささかも動揺の色を見せずに言い放った。

「いかにも僕が、アンドレ・シェニエだ。グエノ君、君の来意《らいい》はよく分かっている。

さあ、すぐに僕を連れて行きたまえ」

ド・パンジュに累《るい》が及ばぬよう、グエノと名乗る男とその徒党《ととう》を、自分にひきつけて、一刻も早くこの場を去らせる必要があった。

「よろしい」

グエノらは、部屋へ踏み込んだものの、簡素《かんそ》で狭いその場所に人影らしいもののないことを認めると、シェニエを取り囲んで表へ出た。時ならぬ物音に、周囲のアパルトマンの高い窓のいくつかがぱたんと開いて、明かりとともに住民の顔がのぞいた。

シェニエは、近くにとめてあった馬車に乗せられた。その闇《やみ》の中に消えていく車輪の音を、物陰《ものかげ》から、目にいっぱい涙を浮かべて去りがたく見送るド・パンジュの黒い影があった。

ひとまず、シェニエは、パシー地区委員会の建物の一室に拘留《こうりゅう》された。容疑者がつかまると、いつもこの部屋が使われるのだろうか、片《かた》すみに狭い木のベッドが置かれてある。そこに、シェニエは疲れた体を横たえた。入り口の小さな扉の切り窓からは、廊下《ろうか》側からほの暗い明かりが射《さ》し込んでおり、そこから、時折、赤い帽子をかぶった、見張りらしい男の顔がのぞいた。

(ド・パンジュは、うまく逃げてくれたろうか……)

革命の渦中《かちゅう》に身を投じてから、四年がたっていた。シェニエの熱いまぶたに、それらの想い出が次々と浮かんでは消えていく。

あの砂を噛《か》むように無味乾燥《むみかんそう》な、ロンドンで過ごした日々——。一七八七年十二月から、シェニエは、ド・パンジュ家の紹介により、ロンドンのフランス大使館で、書記官として二年間働いた。そこでの生活は、まるで国外追放にでもあったような気分だった。懐《なつ》かしいフランスの自然も、友人も、温《あたた》かな家庭からも遠く、ただ文書の山と、分かりにくい帳簿の処理に追われた。英語をしゃべるのも苦手《にがて》だった。いつも、フランスへの郷愁《きょうしゅう》にかられていた。

とりわけ、美しい、母親エリザベートの面影《おもかげ》——。父親は、モロッコ領事《りょうじ》を務めるなどで家を留守《るす》にしがちだったから、シェニエに対する両親の影響は、母親の方が強かった。才気にあふれる彼女は強いギリシャ趣味《しゅみ》の持ち主で、話すことも、衣裳《いしょう》も、ギリシャのものが多かったし、家の中にはギリシャ産の調度や骨董品《こっとうひん》があふれていた。やがて、母がパリで開くサロンに、上流階級の人々やインテリが集まるようになったが、そこでの話題も、とかくギリシャ趣味のことに落ち着くことが多かった。シェニエが、ダヴィッド——新古典派の巨匠《きょしょう》とうたわれるに至《いた》る大画家——を知ったのも、母のサロンであった。シェニエの生地がコンスタンチノープルであったこともあり、すでに幼《おさな》い頃からヘレニズム風に染まって育ったといえる。

コレージュ・ド・ナバールでギリシャ・ラテン語の勉強に精を出し、ギリシャ古典詩や東方《とうほう》の文学に興味をもち、その影響が詩の中に強く見られるのも、そのためであった。

ロンドン生活の鬱屈《うっくつ》をなぐさめてくれたものは、やはりギリシャ、ラテン、ペルシャの詩や文学の書を読みあさり、詩作にふけることであった。

時折、舞い込んでくる友からの便りも楽しみだった。

ある時の来信が、シェニエの心に火をつけた。

「とにかく、君の引っ込み思案《じあん》は追い散らしたまえ。書くために生まれついた君よ。専心、ペンをとりたまえ。それこそが世に遺《のこ》る唯一のものなのだ。いつも君が求められているところへと帰ってくれたまえ」

シェニエは、何よりも詩人であって、政治家の肌合《はだあ》いではなかった。古代の世界や、自然や、友人達を想い、静かに甘美《かんび》な夢にふけることが好きだった。だが、詩人であるがゆえに、その体内には熱情家の血も潜んでいた。

長い王政に、倦《う》み疲れきった祖国の人々。その魂《たましい》を救うべき教会も、権威を失っていた。シェニエが、ロンドンへ行く気になったのも、高まる経済的・社会的混乱を収拾《しゅうしゅう》しえない王権政府に、フランスの変革という自分の夢を失ったことが手伝っていたのである。彼は、愛惜《あいせき》の思いを込めて、海の彼方《かなた》からフランス社会の危機的な状況に鋭《するど》い目を注《そそ》いだ。

一七八九年五月、三部会招集の動きが始まり、やがて六月十七日に国民議会の成立へと至る。同月二十日、僧侶《そうりょ》・貴族・市民の三つの身分が結束しての、いわゆる「球戯場《きゅうぎじょう》の誓い」などの急速な改革の報が、ロンドンにも届く。二十七日には、国王ルイ十六世も三つの身分が合流した国民議会を認めることになり、ここに国民主権へと大きく歴史は転換した。この時革命は、法律の面からは達せられたのであった。それは、長い冬、身をこごらせていた全《すべ》ての生命が息吹《いぶ》き始めようとする、大自然の目覚《めざ》めにも似ていた。絶対王制の歴史は、ついに終局を迎えたのである。シェニエの夢は、蘇《よみがえ》った。

胸の高鳴りをおさえきれないような感動を覚《おぼ》えながら、目くるめく事態の推移《すいい》に、異国の都《みやこ》で想いを馳《は》せた日々――。

シェニエは、フランスの変革が、抑圧《よくあつ》されているあらゆる国々を震撼《しんかん》させずにはおくまいとみた。人間解放の思想が、民族の解放におもむくことは間違いあるまいと考えた。あたかも大地を一新するがごとくに、ただちにヨーロッパ全体の新時代がもたらされるものと信じた。

彼は、革命後のフランス社会の体制を、自分なりに思索《しさく》し、結論していた。

——公正なる法、人間的なる法のもとに、自由と、法の上の平等、権利の平等が確立され、寛容と正義と徳がいきわたるような社会。政治の運営は、憲法を根本とし、その憲法は、国民が代表する議会がつくり変更もできること。そして、それらは王と人民との協調によって可能である。すなわち、人民主権のもと、王も市民であるとともに、フランスの愛と栄光と最高の誉《ほま》れの友であり、人民とは緊密《きんみつ》な信頼と誓いの絆《きずな》に結ばれること。一方、人民の側は、愛国心の中に固く団結し、祖国と法と王とに忠誠《ちゅうせい》であること——。

すなわち、それは立憲王制主義の立場に立つ、一つのユートピアであった。そして、革命の混沌《こんとん》たる状況下では、ユートピアなるがゆえに、戦闘的な思想たらざるをえない宿命を持っていた。
シェニエは、この政治革命が、〝混乱もなく、悲惨《ひさん》もなく〟達成されることを願った。
八月四日には、貴族・聖職者の特権を廃止する諸法令が決議された。ここに、封《ほう》建《けん》制は破壊《はかい》され、法の前における万人の平等が確立された。
二十六日には、「人間と市民の権利の宣言」――いわゆる「人権宣言」が採択《さいたく》された。
だが、これと相《あい》前後して、革命は騒乱《そうらん》の様相を深くしはじめる。
少し前の七月十四日には、パリの民衆がバスチーユ牢獄《ろうごく》を襲撃《しゅうげき》して陥落《かんらく》させると
いう大事件が起きた。革命は、ついに民衆の決起を招《まね》き、それは燎原《りょうげん》の火のごとく
全土に波及《はきゅう》していったのである。地方では、おおむね無血革命であったが、パリで
は民衆による騒擾《そうじょう》が起き始めていた。
十月には、パリの女性達がヴェルサイユ宮殿へデモ行進し、流血をみた。
こうした事件が、虚実《きょじつ》ないまぜにした情報となって、ロンドンに届く。シェニエ
は、それら片々《へんぺん》たる混乱の報《しら》せに、心を痛めた。
「十九日に、パリに帰りました。お父さん。途中の船旅は、かつてない沈痛《ちんつう》のも

のでした。僕の心は、パリへと急き立《せ》てられました。全パリが燃えているとの至急便がパリから来たのです。パリじゅうに、早鐘《はやがね》が鳴っている、と……」

一七八九年十一月二十四日、シェニエがパリに帰ってすぐ父親ルイ・シェニエ宛《あて》に書き送った書簡の一部である。バスチーユ陥落から四カ月が過ぎていた。

その時、シェニエは、二十七歳であった。

――シェニエは、更に革命騒乱の地パリを踏んでから二年有余にわたる自分の闘争を心の中にたどった。

パリの路上に出て、すぐに気がついたのは、民衆を煽動して、革命の秩序《ちつじょ》を乱している者達の存在であった。たくさんの新聞が、パリの街上《がいじょう》にまき散らされる。そこには、政治家達の政見や、議会のニュースが載《の》っており、有力な政治家は、みなこの種の新聞を持っていた。世論《よろん》は、それによって煽動されていることを、改めて自分の目で確かめた。民衆がどこに向かって走りだすかは、これら革命ジャーナリズムによるところが大きい。民衆の圧力を自派に利用しようとする偽善《ぎぜん》と、敵意や憎悪《ぞうお》ばかりが目についた。

シェニエは、このみずみずしい革命の精神が、やがて醜《みにく》い党派争いと暴力の汚泥《おでい》にまみれていく危険を直観したのであった。

自分も、ペンをとった。革命の逸脱《いつだつ》と暴政を、激しく攻撃した。詩人としては無名なのに、一《ひと》かどの革命ジャーナリストとして、その〝散文〟が知られるようになった。発表した二十余りの〝反革命的〟な論文――。それらが当局に追及されることになるだろう。

シェニエは、パシー地区委員会の一室の硬《かた》い木のベッドの上で、いつしかまどろみ始めた。その心の中には、「球戯場の誓い」と題して画家ダヴィッドに捧《ささ》げた自作の詩が、切れぎれに浮かんでいた。ジャコバン派の礼讃《らいさん》者であるダヴィッドとは、今や政治的には対岸に立つ間柄《あいだがら》であったが――。

……………………

おお　二度生まれた人民よ！
一度は古い人民　一度は新しい人民！

歳月を経て若がえった幹《みき》よ！
墓の灰の中から蘇《よみがえ》り出た不死鳥よ！
そして、さあ貴男《あなた》らも同じだ　松明《たいまつ》を掲げる人々
我らの運命を指し示してくれる貴男らよ！
パリは頼みの手をさしのべる
我らが選んだ申し子達に！
人民の父達に　法の構築者に！
貴男らは確固たるその手で
全ての基本的な人権の上に
古くて純粋な人間の法の上に
自然とともに生まれた神聖なる権利の上に
永遠とともに生きてきたそれらの上に
人間のための荘厳《そうごん》なる法典をうちたてることもできるのだ！
貴男らは全てを制圧し　身を縛《しば》られる束縛《そくばく》もない

全て障害は貴男らの攻撃のもとに滅んだ
かくして頂上をきわめた人々よ
輝かしき貴男らの仕事は常に謙虚《けんきょ》であれ
恩人らよ、我らに報告すべきことは山ほどある
手綱《たづな》をひきしめよ　他者も自分も
へりくだることを知れ

……………………

人民よ！　全てが我らに許されるとは思いすごしだ
君らの貪欲《どんよく》なへつらい者を怖《おそ》れよ
おお　主権者たる人民よ！　君の寛大《かんだい》な耳もとで
凡百《ぼんぴゃく》の口達者《くちだっしゃ》な死刑執行人《しっこうにん》が君の友だと名乗り出ている
彼らは人殺しの火を口で煽《あお》りたてているのだ

……………………

それは、革命によって掻《か》き立てられたシェニエの希望と興奮《こうふん》が、その後の醜い党

派閥抗争によって打ち砕《くだ》かれた、その幻滅《げんめつ》と警告《けいこく》をうたったものであった。とことんまで革命の根本精神に忠実であろうとした彼は、革命の秩序を混乱させる、民衆の不当な煽動者こそが真の敵であることを知っていた。

(僕にとって革命とは実際には、開始することだけだったのか。ああ、この友愛の光にみちた大叙事詩と、低劣《ていれつ》なる人間の狭量《きょうりょう》、弱さ、策謀《さくぼう》、醜さと……)

シェニエは、牢舎の天井の黒い闇を見つめて、大きく嘆息《たんそく》した。

シェニエが革命ジャーナリストとして登場したのは、一七九〇年八月、「ジュルナル・ド・パリ」紙に寄せた「フランス人民に告ぐ――真実の敵について」と題する論文であった。その中でシェニエは、長い圧制のあとのやむをえない暴力革命の正当性を認めはした。だが、それに続く動揺にかわる新秩序をただちに構築しゆくこと、それには、政治的な憎悪や非難の応酬《おうしゅう》が深刻化してはならず、何よりも非合法的な暴力を排することを要求した。

「……この種の猜疑《さいぎ》、騒擾《そうじょう》、暴動をかくまで高揚《こうよう》せしめるものは、われわれの中のいったい何なのか。この問題を考える時、ペンを持つ者の圧倒的な意見によって大いに増幅され、培《つちか》われ、支《ささ》えられるという事実を、われわれは無視することはできない。この革命中になされる善悪の全てはペン先次第なのである。われわれを脅《おびや》かす害悪の源泉を、その点にこそ見いだすのである。われわれは、そこで、邪悪な意見を吐《は》く文筆家の利益《りえき》なるものを追跡《ついせき》していくと、大部分はあまりにもあいまいな人々であり、一派の領袖《りょうしゅう》たるにはあまりにも不適当であることが明白になるだろう。彼らの動機が、金か、あるいはばかげた確信であると結論できるであろう」

高官への暴力、旅行の禁止、家宅捜索《そうさく》、あるいは思想弾圧の不当を述べて、やがては「血への渇《かわ》き、他人の苦痛を見たいという恐るべき人間の欲望を掻《か》き立てて、〝裁判と死を与える遊び〟に人々がふけるようになろう」とも警告した。その予見がどれほど的確なものであったかは、やがて証明されるところとなる。

そして、シェニエは「賢明にして有徳なる市民の連帯のうちに正義と良識と理性の声を高めゆくならば、悪意と愚昧《ぐまい》の叫びを鎮圧《ちんあつ》することができる」と結論づけたのであった。

これが、シェニエの最初の政治論文であった。そして、ここに示された見解と、歯に衣《きぬ》を着せない筆鋒《ひっぽう》を、シェニエは最後までつらぬいた。自分にとって、革命勃《ぼっ》発《ぱっ》後の最大の関心事は、フランスに平穏と秩序と調和とをすみやかに回復することであり、革命本来の「自由」「平等」「正義」「友愛」の光を、フランスに、否《いな》、全世界に輝きわたらせることであった。その秩序を破壊する煽動者こそが真の〝敵〟であるとして、攻撃の筆を休めなかった。

カミーユ・デムーランが、さっそくシェニエの論文を批判した。「われわれを、彼がどう扱《あつか》っているかを見たまえ」と。デムーランは、民衆によるバスチーユ襲撃の火をつけた街頭演説で知られる、過激な政治ジャーナリストであった。

シェニエは、痛快《つうかい》だった。それは、「真の敵」が誰かを名指して書いたわけでもないのに、「それは自分のことだ」と名乗り出たようなものだったから。だが、シェニエは、デムーランに対してあえて反論しなかった。そして、自分のノートに、こう記《しる》した。

「文意を曲げ、ペンの力を利用して記事を書いている人を攻撃しても、真実をそこねるだけである。その議論を論破しようとすることは、その人間があまりにも危険であることが知られているがゆえに、無益《むえき》である」

一七九一年四月には「党派心に関する反省録」という論文を発表している。「有徳かつ自由な人、真実の市民とは、真実しか語らず、真実を常に口にし、真実を全て言う者のことである。そして、勇気を持ち、恐怖の意見に耳をかさない者が、良き市民である」

「二年間も乱用された密告。しかし、それで何が発見されたろうか。どんな犯罪が明らかになったのか。悲しい不名誉を、むだ骨のうちに見るのみだ」

同年八月末、立法議会の成立を前にして、シェニエは、〝人民へのへつらい者〟を批判した。

「多弁《たべん》で、狡猾《こうかつ》な人々――いつも不平にみちてすぐに錯乱《さくらん》してしまう市民階級の熱情を目覚めさせ、予見し、煽り立てる準備のできている人々に、われわれは事欠かない。彼らは、これら市民に、法律への従順《じゅうじゅん》は、がまんのならない隷属《れいぞく》であると説く。〝君らの自発意思のみが法律である〟と語る。あいまいな獰猛《どうもう》な非難によって、市民の羨《うらや》みにおもねるのである。そして、彼らの前に膝《ひざ》を屈することを拒《こば》む者は全て、現下の中傷者達《ちゅうしょうしゃ》が流行させている最も恐るべき〝品定め〟によって、撃《う》たれることになる。彼らは、不遜《ふそん》にも〝人民の擁護者〟と自称している」

シェニエの攻撃は、明らかに民衆の煽動者としてのジャコバン派に向けられていた。彼らこそが、フランスを揺るがしている無秩序の根源である、と。

「人民へのへつらい者は、うそと軽蔑《けいべつ》のうちに、専王時代を更に上回《うわまわ》る悪を行っている」

こうした表現は、自ら処刑台へサインを送るにもひとしかった。だが、シェニエは一歩もひかず、その筆鋒は、ますます先鋭化《せんえいか》していった。フランスを愛するがゆえに、祖国が混乱から脱《ぬ》け出て、革命の真実の勝利をかちうるために、何ものをも恐れず、正義と高貴の道をひたすら突き進んだ。自分こそが真実の愛国者・真実のフランス人との信念は、少しも揺るがなかった。

彼は今や、いかなる党派にも属していなかった。ド・パンジュやトゥルデンヌといった少数の友人をのぞけば、革命ジャーナリストとしては孤立した、孤独な戦士であった。

恐怖政治の組織者の一人であるコロー・デルボワをはじめ、有力な政治家であるブリソー、ダントン、ペティヨンらが、シェニエの主な論敵となった。コロー・デルボワは、ジャコバン・クラブの演説で、シェニエを「スパイ」「宦官《かんがん》」「力の乏《とぼ》しい散文家」「国民の敵」と、口を極めてののしった。

一七九二年八月には、シェニエが論城としていた「ジュルナル・ド・パリ」が発刊停止処分となり、反革命容疑者の家宅捜索は、シェニエの身辺にも及んだ。

この月のうちに三千人が逮捕され、月末には反革命ジャーナリスト達の最初の処刑が執行《しっこう》された。

シェニエは一時、パリを逃《のが》れてノルマンディー地方のルーアンやルアーブルに身を潜める。その一カ月の間に、重大事件が次々と起きた。

八月十日、民衆が蜂起《ほうき》して、国王ルイ十六世の居城《きょじょう》チュイルリー宮殿を襲い、多数のスイス人衛兵を虐殺《ぎゃくさつ》した。辛《かろ》うじて難を逃れた国王一家も、十三日から、タンプル塔に幽閉《ゆうへい》される。

議会はなおジロンド党が支配していたが、この民衆蜂起とともに成立した山岳党のパリ・コミューヌの是非《ぜひ》をめぐって、両党派間の対立は一挙に頂点に達した。九月二日から、牢獄での大虐殺が始まった。山岳党のマラーとダントンの手引きによるものだった。六日間で千三百人の囚人《しゅうじん》がパリ各所の牢から引き出されては、飢《う》えた豺狼《さいろう》のような殺人集団に襲いかかられた。

同月二十日、議会は立法議会から国民公会へと変わり、その翌日、王政廃止が宣言され、その次の日から共和国第一年が始まることとなった。ジロンド党が、マラー、ダントン、ロベスピエールへの激しい攻撃を繰り返していた。

十一月七日、国民公会は、国王を公会の場で裁《さば》けると結論し、十二月十一日から、議場において国王の審問《しんもん》が始まった。

シェニエが再びパリに姿を現したのは、国王ルイ十六世を擁護するためであった。シェニエは有力者や、スペイン大使らの間を奔走《ほんそう》した。国王の処遇《しょぐう》については、シェニエは国王の完全な無罪を主張する弁護人にも反対であった。しかし、有罪であっても、退位のみにとどめるべきであると考えた。

その裁判も、憲法に照らして真の主権者である人民自身にゆだねられるべきであるとして、国民公会での裁判の公正さを疑問とした。もし、公会が国王を極刑《きょっけい》に処《しょ》すれば、新たな混乱を招くだろうと深く憂慮《ゆうりょ》したのである。

一七九三年一月十七日、ルイ十六世の死刑を、国民公会は決議する。わずか一票の差の多数決によってであった。

二十一日、革命広場で、そのギロチンによる処刑が執行された。

シェニエの失望は大きかった。彼は、革命ジャーナリストとしての自分の使命も終わった、と考える。国王処刑とともに、シェニエの政治的な経歴も終わるのである。

シェニエがヴェルサイユに身を潜めたのは、国王処刑から三カ月後のことであった。

その二年余にわたる、苛烈《かれつ》な戦いの日々――シェニエの胸には、むしろ満足感が広がっていた。

獄舎《ごくしゃ》の長い夜が、明けようとしていた。扉の切り窓から、薄明かりが射し込んでいた。やがて、厳《きび》しい尋問《じんもん》が始まるであろう。苛酷《かこく》な時間が続くであろう。

シェニエは、明け方の僅《わず》かな時間を、深く眠った。

（四）

旅の大学生の身なりをしたメフィストフェレスに、ファウストは詰問《きつもん》する。

「いったい、きみは何者だ」

メフィストフェレスは、したり顔に、謎《なぞ》のような言葉を返す。

「つねに悪を欲して　つねに善をなす力の一部分です」　　――ゲーテ『ファウスト』

奸計《かんけい》にたけた悪魔の使徒メフィストフェレスが、珍《めずら》しく本音《ほんね》をもらすシーンである。「つねに悪を欲して　つねに善をなす」――悪事を企《たくら》む悪魔の小才《こさい》など、神の眼から見れば、所詮《しょせん》は釈尊の掌《たなごころ》から逃《のが》れられぬ孫悟空《そんごくう》の意気がりに似て、いかに術策をめぐらそうとも、いずれ全《まった》き善へと帰一《きいつ》していくよう運命づけられている。あたかも、船が激しい揺《ゆ》れを繰り返しながら、常に正しい位置へと復元《ふくげん》していくように。〝全能なるもの〟の眼から見れば、たしかにそうも言えよう。壮大にして鮮血淋《りん》漓《り》たる人類の歴史も、彼の目には、栄光燦《さん》たるゴールへと至《いた》る過程に待ちうける曲《きょく》折《せっ》、障害物のようなものなのかもしれない。多くの血と涙の犠牲《ぎせい》はともなうが、絶対に避《さ》けては通れぬ障害、悪は悪でも必要悪。それあるがゆえに偉大なる人類史が完成しゆくための尊《とうと》くも血塗《ぬ》られた捨て石。あらゆる悲嘆《ひたん》や歔欷《きょき》も、見えざる糸に引かれるように、いつかは神へのホサナ（頌歌《しょうか》）へと……。たしかに、それも一つの見方である。

しかし――。

人々の営《いとな》みの背後《はいご》にあって、猿《さる》回しが猿をそうするように人間をあやつる、そうした外在的な「力」や「要因」を想定する史観は、今や、全《すべ》ての面で蹉跌《さてつ》をきたしてしまっている。神の再臨《さいりん》によって一切が、あますところなく公平に裁《さば》きが下されるとする救済史的な見方も、あるいは歴史の決定的な動因を「理性の狡智《こうち》」に求めるヘーゲル的な史観ももとよりのことだ。人類の歴史を覆《おお》い尽くさんばかりに累々《るいるい》として横たわる幾千万の屍《しかばね》は、そのような予定調和的な考え方を、痛烈に告発していると言ってよい。

「悪」を許容し、必要とさえしながら、なおかつ求めるべき「善」とは何か——。幾千万の人柱《ひとばしら》の上にそびえ立つ、きらびやかな伽羅《きゃら》に包まれた「善」の殿堂《でんどう》とは、人間にとっていったい何の意味があるのか——。

むしろ、次のような視点こそ必要かつ緊要《きんよう》であろう。

「悪を欲して　善をなす」——悪魔の力にとりつかれた人間は、神のもくろみを裏切り示すかのように、往々《おうおう》にして、否《いな》、必ずといってよいほど「善を欲して　悪をなす」邪《よこしま》な、血塗られた道へと迷い踏み込んでしまうものだ。日常的な小犯罪ならいざしらず、一国や人類の運命と斬《き》りむすばんとする思想や哲学に裏打ちされた事象《じしょう》は、犯罪であれ、革命であれ、よほどの狂人でないかぎり、はなから「悪」と手を結ぼうとはしていない。動機はまず「善」をなさんとすることにあるのである。にもかかわらず、現実と格闘しているうちに、次第《しだい》次第に「悪」に手を染めるようになり、ついには、それと意識せずして、悪魔の薬籠《やくろう》中のものとなり果ててしまう。

「善を欲して　悪をなす」――ここには、人間心理の謎のような深層と、人類史の業《ごう》とも言うべき宿命的な病理が横たわっていると言えるだろう。

ヨーロッパの歴史ひとつ取り上げてみてもそうした病理のまごうかたなきカルテと言ってよい、膏血《こうけつ》の凝固《ぎょうこ》したような史実が、不吉な光芒《こうぼう》を放っている。

たとえば、フランス革命に先立つこと三百年、十五世紀の末、自由の都市、フィレンツェに、独自の禁欲《きんよく》主義的な神聖政治をうちたてようとした怪僧《かいそう》ジローラモ・サヴォナローラ、である。都会の堕落《だらく》と享楽《きょうらく》主義的で退廃《たいはい》したフィレンツェ市民を糾弾《きゅうだん》する彼の叫《さけ》びは、雷《いかずち》のように、地上的なるものの価値を否定し、神に全てを捧《ささ》げようとするひたむきな信仰に裏付けられていた。宗教改革への彼の意図《いと》は、疑いようもなく「善」であった、主観的には――。

だが、神の国を地上に実現せんために、彼のとった手段は、これまた疑いようもなく極端な恐怖政治であった。キリスト教信仰の証《あかし》は異教の排撃《はいげき》と弾圧《だんあつ》にあると広《こう》言《げん》してはばからぬ彼は、その狭隘《きょうあい》な目を、配下の世俗社会にも向けた。〝サヴォナローラの少年兵〟と呼ばれる少年達は、大挙《たいきょ》して街々《まちまち》を練り歩き、サヴォナローラの悪口を言う者は拉《らっ》し来《きた》り、笞刑《ちけい》を加えた。贅沢《ぜいたく》品や女の装飾品などを見ると、容《よう》赦《しゃ》なく奪い去った。サヴォナローラにとって絵画やボッカチオの文学なども、信仰の妨《さまた》げでしかなかった。こうして集められた品々は、うずたかく積み上げられ〝虚《きょ》飾《しょく》の焚刑《ふんけい》〟として、焼かれた。

フィレンツェ政庁前のシニョリーア広場の空を焦《こ》がす炎《ほのお》のまがまがしさ——。神のもとでの平等を掲《かか》げた神聖政治とは、その実、このような恐怖を支《ささ》えにした独裁《どくさい》政治にほかならなかった。サヴォナローラの君臨《くんりん》が、わずか四年にして終息《しゅうそく》を迎えたのも、決してゆえなしとしない。

ルターと肩を並べる宗教改革の旗手《きしゅ》ジャン・カルヴァンは、どうか。サヴォナローラほどではないにしても、彼の事跡《じせき》もまた、カルテに名を連ねるにふさわしいだろう。

若き神学生の頃、カルヴァンは、ローマの哲人セネカの『寛容について』の翻訳・注釈書を、世に問うている。当時、浸透しつつあった新教への、旧教側からの弾圧が強まりつつある中で、こうした書物を出版するということは、非常な勇気を要し、若きカルヴァンのユマニストとしての面目《めんぼく》が躍《おど》っている。

当然、旧教会側からの追及を受ける。だが彼は、亡命先のスイスの地で、名高い『キリスト教綱要』を著した際にも、国王が異端糾問《きゅうもん》によって、罪もない新教徒を迫害することの愚《おろ》かさを指摘し、一歩も退《しりぞ》いていない。

だが、その彼も、ジュネーブの地に迎えられ、聖権俗権《ぞくけん》を束《たば》ねた神政国家の牛耳《ぎゅうじ》をとる立場になると、恐るべき——清貧《せいひん》にして禁欲主義的で、通途《つうず》の独裁者とは異なるため、心底《しんそこ》恐るべき独裁者へと変貌《へんぼう》する。〝少年兵〟こそいなかったものの、神政治下のジュネーブは、全生活面にわたる殺風景なまでに厳格な規律の押しつけといい、異端はもとより離教者さえ許そうとしない教会の支配といい、サヴォナローラ治下のフィレンツェと酷似《こくじ》している。

カルヴァンとの神学論争の結果、拷問《ごうもん》され火刑に処せられた著名な学者セルヴェをはじめ、この時代の死刑者は五十八人、追放者は七十六人にのぼっている。ある斬首刑《ざんしゅ》の際、執行人《しっこうにん》の不手際《ふてぎわ》から、何度も凄惨《せいさん》な斬首が繰り返されるのを前に、カルヴァンは書いている。「長い責め苦を受けたことは、神の特別なお裁《さば》き」と。そうしたむごたらしい行為ですら「神の意志」「神の裁き」として肯《うべな》ってしまうところに「善を欲して　悪をなす」人間心理の恐ろしさが潜《ひそ》んでいると言えよう。近代精神の太い水脈をなすカルヴィニズムの功罪とは、もとより別の問題だが——。

更に、オリバー・クロムウェル。この軍事の天才にしてピューリタン革命の立役者をサヴォナローラやカルヴァンと同列に論ずることは、いささか無理があろう。熱烈な信仰者であることは共通しているが、クロムウェルは、信仰の自由という点では、基本的により寛容であった。また、最大の権力を手にしながらも、力の行使にあたっては、よほど抑制《よくせい》をきかせていたようだ。いわく——。

「諸君にあえて言う。わたしは一度だって権力を欲したことはない！……むしろ森のそばに住んで羊の群れを飼っている方《ほう》がましだ、こんな政府を動かしているよりは。神の召命《しょうめい》でやっているのだ」

だが、怒濤《どとう》のような彼の戦跡《せんせき》を振り返ってみる時、「善を欲して　悪をなす」権力の魔性《ましょう》から、それほど無縁であると言えるのか、どうか。

国王チャールズ一世を断頭台に送る時、尻込《しりご》みする人々を説得する彼の論理は、カルヴァンと同じく、国王の処刑が神の摂理《せつり》である、というものであった。そのような血なまぐさい摂理を彼の耳に語りかけたのは、神であったのか、それとも悪魔であったのか。

また、クロムウェルの生涯の汚点《おてん》とされる、アイルランド制圧の際の、仮借《かしゃく》なき武力行使がある。ドロイーダでは、見せしめのために何千人もの兵士が殺され、したたかに抵抗したウェックスフォードでは、何百人もの市民が皆殺しにされた。

たしかに、クロムウェルは「自由」や「人民の福祉」を追求した。が、神のもと、強力な独裁権力によるその追求がもたらしたものは、いかなる「自由」であり「人民の福祉」であったのか。長期的に見て、イギリス民主主義の発展への彼の貢献《こうけん》は疑いようがないにしても、当時の民衆にとって、それらがどれほどの福音《ふくいん》であっただろう。

そして、マクシミリアン・ド・ロベスピエール。〝清廉《せいれん》の士〟とたたえられ「徳の共和国」をうたい、「自由」「平等」の理念を掲げながら、革命の激流に翻弄《ほんろう》されゆくまま、ついには「自由の専制」というテロリズムを宣言するはめにおちいった彼もまた、「善を欲して　悪をなす」かの邪悪な力の、痛ましい犠牲者《ぎせいしゃ》と言っては、言いすぎであろうか。免罪《めんざい》にすぎようか——。

ロベスピエールのジャコビニスムと真《ま》っ向《こう》から対立したシェニエの戦いとは、実に、このような歴史の宿痾《しゅくあ》とも言うべき巨大な難問との格闘であったと言ってよい。

（プラトンは、こう言っている。『思うに、最も高度な自由から、最もひどい、最も野蛮《やばん》な隷属《れいぞく》が起るのだ』と……。この革命もまた、同じ道をたどっているのだ）

シェニエは、もう長い時間、プラトンの『国家』の章句を、繰り返し記憶の中から取り出しては思案《しあん》していた。

ビエーブルの村の農夫の独白《どくはく》によって、ふいに「自由の背理《はいり》」という問題を突きつけられたように感じたシェニエは、ヴェルサイユの隠れ家《が》にかえると、プラトンをもう一度ひもといてみたのであった。そして今、囚《とら》われの身となって独房のうちに思いを凝《こ》らすほどに、古い哲人の洞察が身にあらたに迫ってくるのであった。

プラトンは、国制の移りゆきを、善《よ》いものから悪いものへと五つの段階に分けて論じている。その中でも、最も劣悪な僭主制《せんしゅ》は、最も自由を尊ぶ民主制から生まれる、と論じているのである。

（自由への『あくことのない欲求が、民主制を解体させる』とプラトンは言う。『何かをやりすぎるということは、逆に大きな反動をもたらしがちなもの』と……。まさに、その通りだ）

シェニエは、深い溜《た》め息とともに、「国家」の章句の断片を一つまた一つと想《おも》い起こしていった。

（『ある人間が民衆の指導者となり、何でもかれの言うとおりになる大衆を獲得《かくとく》するや、同じ先祖をもつ市民の血から手をさしひかえるどころか、むしろ、かれらのよくやることだが、他人を不正に告発し、裁判所へひきだして血を流し、こうして人の命をかき消して、神を恐れぬ舌と唇《くちびる》でもって同族の血を味わい、また追放し、殺し……』まるで、今の革命裁判の惨劇《さんげき》を見通しているかのようだ）

シェニエは、「自由の背理」の泥沼《どろぬま》に深く足をとられている革命の現実を、暗《あん》澹《たん》として思いやった。

(「最高存在」などと、急いで人間によってこしらえられた〝神〟。国家の力をもって、暴力をもってさえ押しつけようとする神なんて……。それこそ〝神をも恐れぬ〟所業《しょぎょう》だ。「自由の専制」――。ロベスピエールは、自《みずか》ら革命を、そう定義した。なんという皮肉だろう。自由という善と、専制という悪と……)

(革命に先立《さきだ》って、ルソーらの深い啓蒙《けいもう》思想があった。革命は、そのたまものであり、ロベスピエールもまた啓蒙思想の申し子にほかならない。彼は、人間の「自由」と「平等」とを、ルソーらの哲学に従《したが》って、とことんまで追いかけていこうとした。だが、理想を一途《いちず》に高く標榜《ひょうぼう》するあまりに、自分の足が大地から離れてしまったのだ。そうさせたものは、何か。それは、あるいはロベスピエール個人の才幹《さいかん》や器量《きりょう》といった問題にとどまらないのかもしれない。歴史の法則というような、人間の力ではいかんとも御《ぎょ》しがたい巨大な怪物のゆえか……)

プラトンの言葉の続きが、シェニエの胸をついた。

(『……こういう人間は、その次には必然的に敵によって殺されるか、それとも僭主となって人間から狼に変身するか、そのどちらかの運命をえらばざるをえないだろう？』と。まさしく今、自由の大義から、一人の専制君主が生まれたのだ。そうなった彼の運命もまた明らかだ……）

シェニエの苦痛にみちた想念《そうねん》を破るように、遠くから鉄の閂《かんぬき》が引き抜かれるような音に続いて、扉が軋《きし》る音が、重い空気を伝ってくる。別れのあいさつらしい、切《せっ》羽《ぱ》詰《つ》まった言葉が聴《き》こえる。低い祈り声は、何を祈っているのだろう。時に、発狂したかと思われるような叫び声や、嗚咽《おえつ》ともうめき声ともつかない慟哭《どうこく》が、重い空気をふるわせる。それは、やり場のない恐怖や悲しみに耐えきれない人からのようであった。女のすすり泣きも聴こえた。

夜更《ふ》けの、森閑《しんかん》として死んだような静けさが、それらの物音に乱《みだ》される。

シェニエの身柄《みがら》は、サン・ラザール牢獄《ろうごく》に移されていた。

格子《こうし》が三本並んだ明かり取り窓のほかは、光が射《さ》し入らない、かび臭《くさ》い独房。そこで、何事もなく、もう一カ月が過ぎようとしていた。取り調べは、パシー地区委員会で、数日にわたり念入りに行われた。その後、リュクサンブール牢獄へ移送されたが、そこは囚人《しゅうじん》がいっぱいで収容できず、サン・ラザールにまわされたのであった。

一〇九五番。それが、シェニエの囚人番号であった。

眠りにくい幾夜を過ごした。ふと、夜中に起き上がって、鎖《くさり》につながれた獅子《しし》のように、牢の中を歩きまわることがあった。沈滞《ちんたい》した気分におちいりそうなこともある。冷えびえとした牢壁《ろうへき》を伝ってくる苦痛の声を聴く時など、とくにそうであった。

それでも、はじめのうちは、牢内の行動には、かなりの自由が許されていた。武装した牢番の厳重な監視のもとではあったが、一定の時間を、獄舎の庭に出歩くことができた。天井《てんじょう》の高い、薄暗い広間で、他の囚人達と言葉を交《か》わすこともできた。その中には、スパイが放たれてあった。囚人達にある程度自由に会話をさせたのは、その言動から告発する材料を固めるための罠《わな》でもあった。

囚人達は、一様に力のない足どりで歩いていた。熱病やみのような、真っ赤な目や、疲れ、乾いた目付きが目立った。少しも表情のない、うつろな目もあった。すれ違うと、何とはなしに侮蔑《ぶべつ》の色を表して顔をそむける者や、座り込み、思い屈して頭を抱《かか》え込んでいる人影もあった。

牢内の囚人は、いずれも、いわゆる王制主義の容疑者で、約七百人が拘留《こうりゅう》されており、一割ほどが女性であることなどが、シェニエにもおいおい判《わか》ってきた。囚人達の群れが広間に集まると、圧伏《あっぷく》された恐怖と、激発しそうな殺気とで、一種異様な空気がみなぎる。その光景は、暗い屠場《とじょう》で恐れまどう羊の群れを、シェニエに連想させた。

それらの囚人のうちで、シェニエが注意を惹《ひ》かれるようになっていた若い女性があった。シェニエよりいくらか遅れて投獄されてきたようであった。年齢は、二十より少し前と見えた。彼女が時折、涙をたたえながら、だが微笑《ほほえ》みながら人と話している姿を見かけることがあったが、周囲の人々と比べると、目にはいつもおだやかな色をたたえ、物言いも落ち着いていて、清楚《せいそ》な身なりに包んだ聡明そうな美しさには、心を打たれるものがあった。

ある日、庭へと通ずる牢舎の石の耳門《くぐり》をシェニエが出ると、壁に沿《そ》って立つ一本のうっそうとした橡《とち》の太い幹に身をもたせている彼女を見かけた。

シェニエは近づいて、言葉をかけた。

「あなたも、きっと誰《だれ》かに密告されたのですね」

彼女は、驚いたように、黒目がちの凜《りん》と張った瞳《ひとみ》をしばらくシェニエの面《おもて》に向けていたが、やがて哀《かな》しげな笑顔を見せた。

「ええ、密告されたのですわ。とても罪になるなんて思えないことを、そのまま密告されたのですわ」

彼女は、名をカトリーヌ、とだけ言った。住んでいたのはノルマンディー地方の静かな古都カーンで、自分の家の隣に病《や》みがちな母親と娘一人の貧しい一家があった。その隣《りん》家《か》の娘は、カトリーヌの幼《おさな》友だちであったが、貧しさからくる憂《う》さを酒にまぎらすことがあった。いつの夜であったか酔《よ》っ払《ぱら》って路上で何を叫んだか分からないまま、その発言が反革命的だととがめられ、逮捕《たいほ》された。その時、彼女の家に出入りしていたカトリーヌにも嫌疑《けんぎ》がかけられたというのである。

カトリーヌは、何の党派にもかかわりのない、全くの一庶民であった。たまたま両親は出かけており、留守《るす》を守っていた一人娘の彼女が逮捕された。ただそれだけのことで投獄されたのだが、何者かの虚偽《きょぎ》と誇張《こちょう》の密告によるものにちがいなかった。ただ、カーンは、ジャコバン派の要人マラーを殺害した女性シャルロットの出身地で、もともと王党派色の濃《こ》い土地柄でもあったから、当局が神経をとがらせていたことも災《わざわ》いしたであろう。

カトリーヌは、監獄を取り巻く高い石塀《いしべい》に狭く限られた晴れた空を見上げて、肩で大きく息をして言った。

「本当に、このパリの空の下——信じられないほど明るい青い空のもとに、疑心《ぎしん》暗鬼《あんき》や、憎しみ合いや、恐怖の、深い淵があるなんて。空を眺《なが》めていると、気が遠くなりそうです」

シェニエは、このやさしい女囚人の不幸に、胸を痛めた。

「そうだったのか。反革命だなんて、むしろ、革命派と称している彼らこそが、善良な市民の敵になりさがってしまった」

「それにしても、自分が正しければ、相手は生きているのを許せないほど偽《いつわ》りだとする、根こそぎの憎しみ合いというのが、私にはわかりませんわ」

カトリーヌは、さまざまな疑問や苦悩を、ぽつりぽつりと語りだしたが、そうしつつも、ほとんど自分の運命に対する逡巡《しゅんじゅん》が感じられないのであった。

「でも、たしかに私は、反革命的な考えの持ち主なのかもしれないのですわ。だって、〝自由だ、自由だ〟と世間が言うけれど、私は、少しおかしいなって思ったのです。自由のためと言いながら、こんなに人殺しの弾圧をするのですもの。これでは、せっかく自由がやってきたのに、結局は、新しい不自由があるばかりではありませんか。そこで、私、考えたのです。あの革命のために、皆が立ち上がった時、きっと、あの時、あの姿にこそ自由があったのだと。不自由なものに立ち向かっていく気持ち――権利というのかしら、精神というのかしら――そういうのが、本当の自由じゃないのかな、って。つまり、抵抗の精神じゃないか、って。……これは、私のつかまった友達が、そう言ってたの。私も、本当にその通りだと思ったのだわ」

そう言って、カトリーヌは、沈んだ面差《おもざ》しにとけかかった鬢《びん》の栗色の毛を片手で掻《か》き上げた。

「そう、結局はね、『自由』というのは、決して、上から、制度から、つまり外から与えられれば事足りるものではないのだよ。本当の自由というのは、人間の熱い血肉の中に、深く根差《ねざ》したものでなければならない。まさに、ジャン＝ジャック・ルソーが言うように『自由はどんな統治形態のうちにもない。それは自由な人間の心のなかにある』と。僕も、つくづくそう思うようになった」

カトリーヌは、そう言うシェニエの眼を真っすぐ見つめている。

「自由とは、自分の理性が正しい良心のままに行動している時をいう。すなわち、正しい自発の意思だ。だから、邪悪な権力、酷烈《こくれつ》な運命に屈服《くっぷく》して、『自分はもっと戦えたのに』という悔《く》いを残すことは、最も不幸なことだ。なぜなら、そこには、自由がないから。……そして、煽動《せんどう》されて人をおとしいれたり、人に多大な迷惑を及ぼすのも、また、自由のようで、そうではない。だって、自由というのは、何をしてもよいということばかりでなく、反対に、何をしてはならないかということにも、自分の意思が働かねばならないはずなのだから。自由とは、自分を支配できることでもあるのだからね」

「いったい、ほかの人間にいやな思いをさせたり、けだもののような心をむき出しにして叫ぶ自由というのは、何なのでしょう」

カトリーヌは、そう応じて、言葉を続けた。

「私は、ただ隣の貧しい一家を、精いっぱい面倒みてあげたかっただけだわ。私は、政治にもお金にも縁がない、貧しい家の娘。それに、女ですもの、大きなことは判《わか》りません。ただ、この狭い場所を満足なものにすることが、愛でいっぱいにすることが、私にとって一番大事なことなのだわ。だって、友達って、一番身近にいる人のことなのですもの。『市民』だなんて、そんな気取った名前で私達をひっくるめなくても、お互いに『友達』でいいのだわ。第一、いくら『友愛』だなんて言ったって、お互いにきらい合って憎しみ合っていたら、何の意味もありませんわ。まして、殺し合うなんて」

カトリーヌは、なおも言葉を続けた。

「そうでなくとも、生きるということは、悩んだり、病《や》んだり、傷ついたり、苦しいことが少なくないのですもの。世の中、一人じゃ生きられないのだわ。だから、私は、自分の持っているものを、少しでも分けてあげて、お互いに困っている時には助け合いたいと思っただけなのよ。自分以外の人を本当にいとしいと感ずれば、自分と同じ幸せを分けてあげたいと思わずにはいられませんもの。……そして、世の中の女の人が、いいえ全ての人がそういう気持ちになれたら、どんなにか美しい世の中になるだろうかって……」

シェニエは、カトリーヌを語るがままにさせておいた。

「だから、私、思うの。『平等』と言ったって、お互いに仲良くできなければ、なりたちはしない、って。だって、憎しみ合っていたら、何もしてあげられない、何も分かち合えないでしょう?」

カトリーヌは、そう言うと、ちょっと恥ずかしそうに微笑んだ。そして、自分の手指《てゆび》をシェニエの目の前にかざして見せた。その指の一つに、小さな透《す》き通った宝石をのせた指輪があった。

「これ、どういうわけか、没収《ぼっしゅう》もされずにこうして身につけているのよ。大して値打《ねう》ちもない、ちっぽけなものだからでしょうけれど」

細い指の白さを引き立てている多面体の宝石が、小さな光を放っていた。

「この宝石だって、少しずつの切り面からできていて、お互いの光を助け合っているでしょう。きっと、『自由』も『平等』も『友愛』も、別々のものではなくて、この宝石と同じなのね。一つずつが一緒《いっしょ》になって、宝石がこんなにきれいに光るように」

カトリーヌは、指輪のある手を、もう一方の手で、胸の上に包んだ。シェニエは、思わず、その手を自分の手に握りしめて言った。

「そう、その宝石こそ、フランス革命なのだよ、いや、人間それ自身かもしれないのだよ、カトリーヌさん。永遠に輝きを失わない、宝石。……僕は、この大混乱の中から、まるで燃え崩《くず》れた廃墟《はいきょ》のような灰燼《かいじん》の中から、フランス革命の理想は、不死鳥のように蘇《よみがえ》って、未来にはばたいていくものと信じている。だって、『自由』とか『平等』とか『友愛』とかは、もともと人間の心の奥深くから求められていたものだ。人間本来の欲求に合致《がっち》して、人間の心の中に一度燃え上がった理想は、どんな曲折《きょくせつ》をたどるにしても、決して消え去ることはない。それが、このフランス革命の最大の意義なのだから。結局、今は言葉の理想だけなんだ。泥まみれ、血まみれになった標語なんだ。この、素晴らしい理想が、本当に人間の行動の規範になって、人間の倫理《りんり》として光り輝くには、もっと時間が要《い》るんだ。何十年、いや何百年かもしれない。僕は、この新しい歴史の始まりに生まれあわせて、幸せだった。やがて、必ず、人間が最も人間らしくなる世の中が、つまり人間性の勝利の世紀が来ることを、僕は、信ずる」

その夜、シェニエは、自分の独房にあって、同じ牢獄の一翼にいるカトリーヌの運命を思った。無辜《むこ》の少女さえ、密告によって罪《つみ》せられる世の中を憎んだ。だが、少女ながら、あの娘は、最後まで自分を清く高く持《じ》していくだろう、と思った。

シェニエは、わら敷きの木のベッドの上に身を横たえると、燃えるような熱いまぶたを閉じた。その脳裡《のうり》にふと、いつかビエーブルの谷間で仰《あお》いだ、美しい青空が浮かんだ。すると、光を帯びた新しい風が心の中に吹き込んで、重霧《じゅうむ》がみるみる晴れていくように、気持ちがなごんでいくのを覚《おぼ》えた。そして、あのルネ少年の父親と、少女カトリーヌと、その二つの運命の苛烈《かれつ》さにおいて差こそあれ、どこか似かよったものがあるような気がした。それは、それぞれの運命に従《したが》いつつ、運命の主人として生きようとする人間の、人間らしい姿であった。

（自分を取り巻く外界《がいかい》が、どんなに狂瀾怒濤《きょうらんどとう》の渦《うず》にあろうと、自分の精神は、それだからこそ輝きを放つような——臆《おく》せず、弁解せず、自分自身を信じ、友を信じ、そうして厳《きび》しい運命に従容《しょうよう》として従うように見えて、ついにはこれに打ち克《か》つような——そういう強靱な意志の力、人間の深さ、自分への厳しさ——それこそが『自由』だ。運命と戦う、精神の『自由』だ。僕も、こうして身は捕らわれてはいても、何ものも僕の心まで拘束《こうそく》することはできない……）

シェニエは、底濁《そこにご》りのした獄内の暗鬱《あんうつ》さの中に、ほのぼのとした光を見る思いがした。そして、身を起こすと、彼に許されて置かれてある小さな机に向かった。

高い明かり取りの小窓から、ほの白い月明かりが射《さ》し込んでいた。そのかすかな光のもとに、ペンと紙を置いた。それは、父親のルイらが牢番の買収に成功して、差し入れてきたもので、僅《わず》かながら家族や友人達の通信も、牢番の目こぼしにあずかっていたのである。

やがてシェニエは、ペンをとって、募《つの》る激情を詩句に刻みつけていった。

鳴きたてる羊に向かって
薄暗い屠場《とじょう》が死の洞窟《どうくつ》の扉を開く時
牧者も、犬も羊も、羊小屋の全体が
その羊の運命をもはや問うこともない
野を跳《は》ねまわる子どもらや
色美しい服を着た乙女らは
大勢《おおぜい》で羊に接吻《せっぷん》し　白い羊毛に
リボンと花を結んであげたのに
羊のことなどもはや考えもせず
そのやわらかな肉を食べるのだ
この葬《ほうむ》り去らされた奈落《ならく》の底で
僕も同じ運命にある
そう覚悟《かくご》を決めねばならぬ
忘却《ぼうきゃく》に慣れようではないか

僕と同じ千人の羊達も
この恐ろしい洞窟で僕と同じく忘れ去られ
人民の屠所《としょ》の血染めの鉤《かぎ》につり下げられて
王たる人民に供されるのだ
僕の友らに何ができたか
そう　彼らのいとしい手で
この鉄格子ごしに送ってくれる言葉が
褪《あ》せた僕の魂《たましい》に香油《こうゆ》をそそいでくれた
おそらくは僕の死刑執行人《しっこうにん》に金《かね》を握らせ……
でももはや全ては崖《がけ》っぷち
彼らには生きる権利があったのだ
生きよ　友ら　生きよ　幸せに
……………………

ペンを置いたシェニエの耳に、遠くから錆《さ》びた鉄が軋《きし》るような鈍《にぶ》い音が聴こえた。また誰かが法廷に呼ばれたのであろうか。深く沈黙しきった夜の牢獄の壁は、不気味《ぶきみ》に重く心にのしかかってくる。いつか、自分の番がめぐってくるのだ。思い乱れる心の中で、この目前の運命を乗り越えるには、近い死よりももっと遠くを、もっと高くを見つめる必要があった。彼は、勝利を信じた。たとえ、自分が斃《たお》れても、民衆の煽動者の側も滅びるまでには、長い時間の猶予《ゆうよ》はなかろうと見ていた。最後には正義が勝利することを、そして、この殉教《じゅんきょう》が、自分自身の永遠の

再生と、愛するフランスや全人類の再生とにつながるであろうことを、信じてやまなかった。

(ここから、処刑台までは、もうただ一歩の所にいるのも同じことだ。でも、自分にやれるだけのことは、やった。全力を尽くしたのだ)

彼は、自分の心に強く言いきかせた。

(この、自分の信念に恥じずに生きたという歓喜を、一人の詩人が自分ながらに立派に生き抜いたという、込み上げる微笑《びしょう》を、生涯を終わる日のために大切にとっておこう。それまでがどんなに短くとも、僕の命である詩をうたうことを、やめまい)

さまざまな党派が生死をかけて入り乱れて戦い合ったこの短い年月に、もし自分に忠実に生きようとすれば、殉教者にならざるをえなかった。これを、悲運ととるか、特権ととるかは、シェニエの心一つだった。信ずる未来に向かって、己《おのれ》を賭《と》した生き方をすること。それは、信仰にも似た、信念の光だ。

シェニエは、再びペンをとった。ペン――。最後まで放棄《ほうき》しなかった、彼の小さくて偉大な武器――。

（僕のインクと、鵞《が》ペンと……。もう少しは使えそうだ。このペン一つだって、まださーベル一本と同じくらい、敵を刺すことができる……）

心を落ち着けると、家族への手紙をしたためたほかに、もう一つ、思い立って、ビエーブルのルネ少年に宛《あ》てても書いた。それには、自分が無実ながら反革命容疑者として、サン・ラザール牢獄に捕《と》らわれていること、そしてルネが立派な画家に成長するように、とだけ短く記《しる》した。それは、シェニエの家族の手によって、ルネのもとに届けられるであろう。

シェニエは、手紙をいつものように下着類の包みに隠し込んだ。買収されていた牢番は、手紙には見て見ぬふりをして、家族に、囚人の下着を下げ渡すのであった。

ある日、いつもの監視つきの散歩の折に、意外にも、友人トゥルデンヌの姿を見かけた。彼もまた囚《とら》われの身となって同じ獄に投ぜられてきたのである。ド・パンジュ兄弟もまた逮捕されて、別の獄中にあるとの報《しら》せが、トゥルデンヌの口からもたらされた。

シェニエは、友の手を握ったまま、獄舎の庭に呆然《ぼうぜん》と立ち尽くしていた。その肩に手をおいて、トゥルデンヌは励ますように言った。

「もう少しのがまんだ。あまりの弾圧のすさまじさに幻滅した民衆や良識派の心が、離れてしまった。民衆の広い支持なくしては、いかなる革命運動もなりたたないし、力を持つことはできないのだからね。この暴虐《ぼうぎゃく》は、必ず自分の身に返ってくるだろう。現体制が倒されたら、即刻、われわれは自由の身になるにちがいない。その明らかな兆《きざ》しを、僕は、この目で見てきた。だから、もう少しの辛抱《しんぼう》だ。それまで、生きながらえれば……」

シェニエは、静かに首を振った。

「いや、おそらくは間にあうまい。僕は、もうすっかり覚悟ができている。十分に戦ったのだから、少しも悔いはない。暗い地下牢の影。ギロチンの刃の閃《ひらめ》き。そんなものを恐れていたら、何一つできやしない。断頭台の上でこそ、僕は、最高の詩を口ずさむつもりだ」

トゥルデンヌは、言葉を失って目をふせた。

時あたかも、一七九四年六月十日、革命裁判所の再編に関する法律が成立していた。これは、恐怖政治をおそろしく単純化しようとしたもので、反革命容疑者が「有罪」の時、法廷が下しうる刑罰は死刑のほかにないこと、陪審員《ばいしんいん》は、明確な証拠がなくとも、心証のみで決定を下してよいこと、などを規定した、極端な弾圧法であった。

すでに、ロベスピエールは、その年の三月二十四日、すなわちシェニエがパシーで逮捕されてから約半月後に、同じ山岳《さんがく》党内でも最も急進的なエベールとその一派の〝陰謀家《いんぼうか》〟十八人を処刑し、次いで四月六日には、党内寛容派のダントンとその一派十四人を処刑して、独裁的な地位を揺るがぬものにしていた。五月十日には、タンプル塔に幽閉中《ゆうへいちゅう》の王家の生き残りの一人、エリザベート公女も処刑された。マリー・アントワネット処刑から七カ月後のことである。

この頃《ころ》には、全ての政治裁判をパリに集中することとしたので、七、八千人の囚人が、パリで裁判を待つ身であった。これら大量の囚人の処理を、より〝効果的〟に進めることが、六月十日の法律の狙《ねら》いだったといってよい。

処刑者の数は、四月からの三カ月間で千百余。そのうち六月だけで六百八十九人にのぼった。七月に入ると、なおうなぎ登《のぼ》りに増えつつあった。

こうした恐怖政治の展開を、トゥルデンヌはこもごも語った。

「アンドレ、僕らは、なんだか悪い夢を見ているようだ。革命裁判所だなんて、何が裁判なものか。ただ反対派の粛清《しゅくせい》のために、見せかけの法の仮装をほどこしただけの話だ。ああ、なんたる茶番劇！　人間の恥辱《ちじょく》だ。彼らの革命は、人間性の廃墟《はいきょ》の上に人間性をうちたてようとしているのだよ。……ねえ、革命には、やはり暴力は避けられないものなのか。それなくしてはデモクラシーは妄想《もうそう》となるのか。それは、必要悪なのか。フランスが一つの人民、一つの意志、一つの信仰となる状態への過渡期《かとき》における、秩序《ちつじょ》を強制的に維持《いじ》するための……」

「いや、そんなはずはない」

シェニエは、きっぱりと言った。

「僕は、いつか、どこかに、もっと美しい、もっと根源的な革命の方途《ほうと》があるような気がしてならない。制度や、社会を急激に変化させる政治革命だけが、改革の万能薬ではないはずだ。いや、かえって破壊的で、有害でさえありうるということを、誰しもが、いやというほど身に染《し》みたはずだ。僕は、要するに人間自身の進歩が必要なのだと、つくづく思うようになった。人間がよくならぬかぎり、愚かな行為は繰り返されるに違いない」

「…………」

「革命を、変革を、暴力ざたに至らさずに成《な》し遂《と》げる道——。人間の狭い了見《りょうけん》や、太古と比べたら短い歴史や、少ない経験や、そういったものを超《こ》えて、妄想におちいることを免《まぬか》れさせ、僕達を正しく導いてくれる判断の根拠、法則——それが、必ずやあるに違いない。その法則の前にこそ、善悪の尺度は明らかになり、幸不幸の規準ともなり、そしてさまざまな人間が、身分や階層を取り払って争わず憎み合わず、真の人間共和の賛同の輪の中に腕を組めるような……。それに触《ふ》れれば、本来の人間、本当の自分にたちかえれるような——。そんな契機となり、土台となるような絶対の法則を、僕は考えてしまう」

「…………」

「どこかにある。いや、なければ人間の救済は、いつも不完全なままだろう。もはや、それを追求する時間が、僕には残されていないのが心残りだが……」

シェニエの言葉は、少しも沈んだところがなく、落ち着きはらっていた。その本来の詩心――新しい時代の到来を夢見つつ、もはや現実よりも、遥《はる》か遠く未来を見つめる詩人の心が、熱情となってほとばしるばかりであった。

トゥルデンヌと別れて独房に戻ると、やがて、シェニエのもとに裁判への召喚《しょうかん》が通達された。それによれば、出廷は、数日のうちとされていた。

空中の重い斧《おの》が、手綱《たづな》を離れようとしていた。

（五）

ルネは次第《しだい》に全身の血が沸騰《ふっとう》してくるのを覚《おぼ》えた。

幾年ぶりかで見るパリ。シェニエから秘密裡《り》に届けられた小さな紙片に驚いたルネは、矢も楯《たて》もたまらない思いで、パリへの道を急いだのだった。パリ西郊のセーブルを経てサン・クルーからセーヌ川ぞいに歩き続け、市央の革命広場近くまでさしかかった頃《ころ》には、夕暮れ始めていた。

行き交《か》う馬車の響きや、その車輪から立ちのぼる塵埃《じんあい》に、薄い夕もやも垂《た》れこめて、街並《まちな》みは霞《かす》んで見えた。所によっては、人込《ご》みを通り抜けるのに苦労するほど、パリの繁華は相変《あいか》わらずであった。だが、歩くほどに生々《なまなま》しい革命状況が感じられた。家並《やな》みの石壁に、さまざまな政治アピールが、重なり合って貼《は》りつけられてある。大勢の群衆をひきつけて、何か演説している者がある。そんな声も、ルネの耳には入らなかった。ただ、シェニエが捕らわれているサン・ラザールの方《ほう》へと心が急いだ。

ようやくたどりついたサン・ラザール牢獄《ろうごく》は、次第に濃《こ》くなる闇《やみ》の中に、その高い塔の不気味《ぶきみ》な均斉《きんせい》を見せて静まり返っていた。

焦燥《しょうそう》で熱しきっていたルネも、牢獄を包む、城壁のような、否《いな》、鉄壁のような石積みの建物を見上げると、冷たい戦慄《せんりつ》が背筋を走った。そして、なすすべもなく立ち尽くしていた。ただ、心に消しがたい思いを残してくれた詩人の安否《あんぴ》が、気遣《きづか》われるばかりであった。脳裡《のうり》には、「無実」と記《しる》したシェニエの筆跡《ひっせき》が、稲妻のように閃《ひらめ》いては消えた。ルネは、その文字の真実を、疑わなかった。

夜は、濃くなっていく。長い時間が過ぎた。憎むべき牢獄の、物音一つしない黒い影とじっと対峙《たいじ》していたルネも、いつしか引き返さざるをえなかった。

気がつくと、パリは、一日の雑踏《ざっとう》と熱気とに決して疲れたようすもなく、ヨーロッパで最も美しい街として輝きだしていた。まるで湧《わ》き出したように明るい軒灯《のきとう》の列が街路を飾り、並木の厚い茂りを光の中に浮かび上がらせている。その所々で、何のためか、赤い焔《ほのお》が石の家壁《やかべ》をなめるように染めている。炎々《えんえん》と夜空を焦《こ》がすように燃えさかっている火もある。その前には人山《ひとやま》を築いて、火の爆《は》ぜる音や、ののしり合いのような声や、高笑いが、風に乗って響いてくる。

何かが起こりそうな、擾乱《じょうらん》の空気が、不穏《ふおん》な予感が、ルネの張り詰めた心をとらえていた。

雨になった。どこへというあてもなく歩くルネの肩が、次第に濡《ぬ》れていく。雨とともに、心の底も冷えびえとしてきた。やがて、街の姿がかき消されるほどの、しのつく雨となったが、ルネは、頭から濡れひたったまま歩いた。

獄中のシェニエは、机に向かって、ペンを握りしめていた。降りだした雨が明かり取り窓の闇をなお暗くしたので、扉《とびら》の小さな窓穴から射《さ》し込む廊下《ろうか》の蝋燭《ろうそく》の火影《ほかげ》だけが頼《たよ》りであった。その数日来、囚人《しゅうじん》の数がにわかに減り始めていた。囚人達は、もはや室から一歩も出ることを許されず、シェニエにだけは目こぼしされていた、家族からの目立たない紙とインクの差し入れも、ぷっつり途絶《とだ》えた。それらが、何を意味するのか。トゥルデンヌから報《しら》された、六月十日の法律による革命法廷の強化がもたらしたとしか考えられないことを、シェニエは悟っていた。

今、ペンをくだそうとしている細《ほそ》い縦《たて》長の紙片は、それが最後の一枚であった。シェニエは、火を吐《は》くような思いを、できるかぎり微小な文字に刻み始めた。胸にあふれる想念《そうねん》が、この最後の紙片におさまりきることを祈りながら——。

最後の一条の光のごとく
西風の精ゼピュロスの最後の一吹きのごとく
ある晴れた日の終末に生気を送りつつ
断頭台の足もとで
なおも僕は詩の琴を奏《かな》でようとする
おそらくは間もなく僕の番が来る
おそらくは時計の針がつややかな琺瑯質《ほうろうしつ》の文字盤を

一めぐりしないうちに
コチコチと油断なく進む針が
その六十歩を数え終わらぬうちに
墓の眠りが僕のまぶたを閉ざすだろう
書き始めたこの詩が終わるのは
たぶんおぞましい墓の壁のうち
死の使者　黒い闇の死神《しにがみ》が
恥知らずの兵士を率《ひき》いて僕の名を呼ばわり
この薄暗い長い廊下を揺《ゆ》るがす
僕は犯罪をでっち上げた根拠のなさを糾弾《きゅうだん》する言葉の槍《やり》をとぎすましながら
廊下の人群《ひとむ》れの間を一人堂々と歩んだが
僕の唇《くちびる》の詩は突然止《や》む
そして僕は腕を縛《いまし》められひき立てられて行く
僕の行く手に群らがって哀《かな》しい囚人仲間が人山《ひとやま》をつくる

恐るべき呼び出しの前には皆、僕を知っているが
もはや僕を知らなくなる彼らなのだ
ああ、これでいい！
僕は充分すぎるほど生きたのだもの

……………………

蒼《あお》ざめたいかがわしい恐怖は彼らの神
愚行《ぐこう》と熱狂　ああ、僕らはなんと恥知らず！
全《すべ》ての人、そう、全ての人よ、さらば
大地よ　さらば
来たれ、来たれ　死よ！　僕を解放したまえ、死よ！
こうして打ち砕かれた僕の心は悪の重さに屈するのか！
否《いな》、否、僕は生きながらえる
美徳が僕の命を必要とするのだ
なぜなら誠実な人間、暴虐《ぼうぎゃく》の犠牲者《ぎせいしゃ》は

牢獄の中、柩《ひつぎ》のそばでこそ
大らかな誇りに輝きながら
一層昂然《こうぜん》として面《おもて》をあげ語気を強める
もはや僕の手中に剣が閃《ひらめ》くことはないと
たとえ天空にそう刻印されたとしても
インクと辛辣《しんらつ》というもう一つの筋金《すじがね》入りの武器をもって
まだまだ人類に役立てるのだから
正義よ　真実よ
もし僕の手、僕の口、僕のひそやかな想念が
君の険《けわ》しい眉《まゆ》をひそめさせないものならば
そしてもし恥ずべき事態の進展、残忍《ざんにん》な嘲笑《ちょうしょう》、無惨《むざん》な中傷、
恐ろしい罪人のへつらいが
君の心に深手を負《お》わせたというのならば
僕を救え　ペン持つ僕の腕を護《まも》れ

君を愛し仇《あだ》をうつこの腕を
君の激怒《げきど》の雷《いかずち》を投げつけるこの腕を
矢《や》を射《い》つくさずに死ぬなんて！
法を汚《けが》すこの死刑執行人《しっこうにん》めら
彼らの泥沼を突き通しも圧倒も攪拌《かくはん》もせず死ぬなんて！
奴隷と化したフランスの瀕死《ひんし》の詩よ
首を斬《き》られた祖国、おお僕の大切な宝石よ！
おお　僕の命の神々であるペン、苦難、憤怒《ふんぬ》、戦慄！
君らがあればこそ僕はまだ息をしている
まるでくすぶる松脂《まつやに》が樹液に力づけられて
消える焔《ほのお》を蘇《よみがえ》らすように
苦しみつつも僕は生きている
君らのお陰《かげ》で苦痛は遠く
希望の奔流《ほんりゅう》が僕を運ぶ

君らなしでは
悲痛という目に見えぬ牙《きば》が
嘘《うそ》つきの殺人者に弾圧された僕の友らが
死や破滅へと善人を追放するその法に従う恥辱《ちじょく》が
それら全てが鉛色の毒液のように
僕の命を枯渇《こかつ》させてしまっただろう

……………………

行こう、みずからの喧騒《けんそう》をしずめつつ
耐えよ、おお　正義を渇望《かつぼう》した無念の心よ
君よ、美徳よ、泣いてくれ　もし僕が死んだら

そこで、紙片の空白が尽きた。
シェニエは静かにペンを置き、色褪《あ》せたペン軸の鵞毛《がもう》を目に近づけて、じっと見つめた。

その夜も、幾人かの囚人の名を呼ぶ声が、獄舎の廊下に不気味にこだましたが、シェニエの名は呼ばれなかった。心配されたカトリーヌやトゥルデンヌの名も、聴こえなかった。

その次の日も、シェニエは無事に生きた。もはや、彼は、ただ終日、独房の片すみに身を横たえ、清らかな目を大きく見開いて、最後の戦いの時を待つばかりであった。

そして、更にその次の日——。

ここ四日ほど間歇的《かんけつ》に降り続いていた雨もようやく吹き払われて、朝から明るい日差《ひざ》しがパリを照らしだしていた。

街なかの鐘《かね》が、午前八時を告げて間もなくのことであった。

「アンドレ・シェニエ!」

荒い、太い声が、扉の近くで聴こえた。

まだ目覚《めざ》めきっていなかったシェニエは、ゆったりと身を起こした。看守《かんしゅ》が扉を少し開けて、顔をのぞかせ、すぐに出廷するよう申し渡した。看守が扉を閉ざしたそのすきに、シェニエは枕《まくら》もとにたたんである下着類をすばやく調べた。その中には、数枚の細長い紙片を、決して目立たぬようにしのばせておいたのだった。のちに家族に下げ渡されるはずの囚人の所持品としては、シェニエには下着があるだけであった。獄中でつづった風刺詩の、最後の幾編。それが人目をくぐりぬけて、家族のもとに下着の包みとともに無事に届けられることを、目を閉じて祈った。

ついに、来るべき時が来たのだ。敵が倒れるより先に、自分が屠《ほふ》られるのだ。だが、もはやシェニエの心には、いささかも動揺はなかった。否、むしろ、自分の心がみるみる澄《す》んでいくのを覚えた。手にしている、いとおしい詩の紙片を、もう一度、静かに口ずさみながら急ぎ読み返すと、それを再び下着の奥にしのばせた。

彼の胸には、憤怒も後悔《こうかい》も、逡巡《しゅんじゅん》も悲嘆《ひたん》もなかった。ただ、雲一つなく青く澄みきった大空のような心が、どこまでも広がっていくのを覚えた。その心の大空に、これまでに触《ふ》れ合った人々の懐《なつ》かしい顔や情景が、次々と浮かんでは消えた。どれも楽しい思い出ばかりであった。苦しい、険しい戦いさえ、今は、心を楽しませる糧《かて》であった。変節、転向、背信《はいしん》――それこそが、人間として最も恥ずべき生きざまではないか。自分は、暴虐なる権力という強大な魔性《ましょう》と一人戦って、最後まで節《せつ》を曲げず、膝《ひざ》を屈せずにきたのだから——。

彼は、遥《はる》か未来を想像しようとした。この歴史の潮流は、大きく音を立てて軋《きし》みながら、いずこへ向かおうとしているのであろう。いかなる世が、世紀が、自分のあとに続くのであろう。いかなる人々が、この自由と友愛と正義の壮大なる精神の松明《たいまつ》を受け継《つ》いでいくだろう。自分は、詩人として世に認められることもなかったが、もし人目に自分の詩が触れるならば、この詩の琴が人々の胸に響くならば、熱い血潮をたぎらせてうたい戦った一人の若人を懐かしみ、その魂《たましい》を分かちもってくれる人もあるに違いない。そして、正義が、真実が、いずれの側にあったかの証《あかし》を立ててくれる人もいるに違いあるまい——。

シェニエは、未来の勝利を信ずると、胸の高鳴りを覚えた。

次々とめぐる記憶の中に、ビエーブルの谷間で出会い、語り合った少年ルネの面《おも》影《かげ》が浮かんだ。

シェニエは、微笑《ほほえ》んで、語りかけた。

(ルネ君。君は、まだ若い。僕よりもずっと、ずっと未来を生きることができる。だから、今の混沌《こんとん》たる歴史の結末《けつまつ》を、君の目にすることもできるだろう。そして、未来の本当の革命を、つまり、本当の人間解放の道を、探《さぐ》り当てることもできるだろう。僕が、あの時君に言いたかったことは、それなのだ。がんばりたまえ、ルネ君、もし君が僕のことを想《おも》い出してくれるのなら……)

シェニエは祈りのように目を閉じて、心の中でルネに別れを告げた。

幾分かが過ぎた。やがて、あらためて呼び出しをうけると、シェニエの身柄《みがら》は、四輪の箱馬車によって、セーヌの中洲《なかす》をなすシテ島にある革命裁判所へと移された。

シェニエが、被告席に着いたのは、午前九時のことである。彼は、高い背もたれに深々と体をあずけて、時の過ぎるのを待った。かつて、最高裁判所の大法廷であった革命法廷は、広くて、薄暗かった。シェニエの脇《わき》に、憲兵が一人つき添っている。傍聴席《ぼうちょうせき》には、見物の群衆がひしめき、そこから嘲笑《ちょうしょう》や罵声《ばせい》がさかんに浴びせかけられたが、シェニエの瞳には微塵《みじん》の翳《かげ》りもなく、満足しきって運命に身を託す人に特有の静かな威厳《いげん》を、かえって高めるばかりであった。

廷内が一瞬、静まり返ると判事、陪審員《ばいしんいん》、検事達が入廷し、それぞれの席を占《し》めた。正面の一段高い壇上に裁判長と三人の判事が並んだ。その手前下に検事席と、そのすぐ左手に陪審員席があり、九人の陪審員と書記とが着席した。裁判長以下いずれも黒い色の羽根飾りのついた黒い法帽に、黒いコートをまとっている。シェニエと判事のひな壇との間の広い床の中央に、横長のテーブルがある。本来はそれが弁護人の席なのだが、今や革命法廷の審理は、官選弁護人さえも必要としなかった。

裁判長コファンダールが、開廷を宣し、まず人定尋問《じんもん》から始まった。

「君は、アンドレ・シェニエか?」

その声に、シェニエは静かに立って、うなずいた。ついで、年齢、住所、職業が尋《たず》ねられた。

それから、検事が起訴状を読みにかかった。この日の検事は、数多くの政治犯を訴追《そつい》して断頭台に送り、恐怖政治の執行人として歴史に名をとどめるフーキエ・タンヴィルではなく、リュードンという、タンヴィルの代理人であった。

シェニエは、居並ぶ黒い法衣姿の一人一人を目で追った。いずれも、どこか深く病《や》み疲れたところがあるような、蒼白《あおじろ》い顔つきをしていた。法廷の全てが、陰鬱《いんうつ》であった。

ルネは、革命裁判所からほど近い、パリの街なかにいた。あのどしゃ降り雨の夜にようやく安宿《やすやど》を探し当て、そこに寝起きしながら、忘れがたい青年詩人の消息を、どうにかして摑《つか》もうと、パリの辻から辻を、あてどもなく歩きまわっていたのである。居酒屋《いざかや》の中に人々の声高《こわだか》な政治論議があれば耳を傾け、街頭演説の人山を見つけると、その中にまぎれこんだ。

そうして、ルネは、サン・ラザール牢獄から連日のように囚人の群れが革命裁判所へと引き立てられ、その日のうちに断頭台に送られているという恐るべき事実を知って、戦慄した。だが、それまでの処刑者の中に、シェニエの名を聞き出すことはなかったから、まだあの詩人は牢獄内に生きていると判断した。それ以来、サン・ラザール牢獄から革命裁判所へと至《いた》る道を、更に裁判所から、処刑場のある、パリを東に出はずれたトローヌ広場までの道を、毎日、行きつ戻りつした。もしや、シェニエを護送する馬車に出くわさないともかぎらない。このままあきらめてビエーブルに帰ろうという気持ちには、どうしてもなれなかった。

同時に、ルネは、一つの希望をいだいていた。それは、人々の噂《うわさ》によると、この恐怖政治の寿命《じゅみょう》も長くはないだろうということであった。ことによると、あとひと月ともつまい、と言う者もあった。

パリの人々は、連日の処刑に嫌悪感《けんおかん》を募《つの》らせていた。対外戦争もようやく勝利らしい形がついて、国境の脅威《きょうい》は薄れたが、それだからこそ、非常時の臨時政府である現政権の存在理由もまた弱まっていた。人々は、何よりも平和を求めていた。非常時を言いわけに、民主憲法の施行が無期限延長されていることへの批判もくすぶっていたし、戦争がなおひどくした食糧不足、インフレ、賃金の最高価格制に対する不満も、全国的な規模で爆発寸前の状態にあった。それ以上に重大なことは、相《あい》次《つ》ぐ議会内での反対派への粛清《しゅくせい》が、議員の間に「次は自分の番ではないか」という恐怖や猜疑心《さいぎしん》を募らせ、それがついにロベスピエール派の内部そのものへと波及《はきゅう》して、同士討ちの様相を見せ始めたのである。ロベスピエールをリーダーとして権力を握る公安委員会のうちでも、コロー・デルボワらが〝暴君〟の排除を公然と口にするようになった。議会でも、ロベスピエール派逮捕《たいほ》への策動が、ひそかに進んでいた。

ルネは、この四日間で、おぼろげながらそれらのことを知った。

そうであるなら、もしこの恐怖政治が打倒されるものなら、状況は一変して、今の罪人が、かえって英雄にもなりうるのだ——。ルネは、シェニエの運命を思うあまりに、雨に打たれようと、熱暑《ねっしょ》を浴びようと、渇《かわ》こうと疲れようと、ほとんど無《む》頓着《とんちゃく》なままに往来をさまよい歩いた。そして、時折、通過する囚人馬車に不安な目を凝らして、シェニエの姿を、囚人の間に見分けようとした。

ルネは、セーヌにかかる両替橋の少し手前で、岸辺に座り込んだ。そうやって休むと、初めて激しい疲労を覚えるのであった。橋向こうの対岸に、革命裁判所の堅《けん》牢《ろう》な建物があり、川べりのその高い塔——悪名高いコンシェルジュリー牢獄が、セーヌの水に影を落としている。前後に衛兵《えいへい》の騎馬《きば》をつけた囚人馬車が、裁判所から刑場へと向かうには、確実にこの両替橋を通過するのであった。

ルネは、空を仰《あお》いだ。この日のパリは、どこまでも深く青く澄《す》んだ空色のもとにあった。足もとのセーヌの水も、晴れた光を映して、おびただしい金の砂をまいたように、きらめきわたっている。街じゅうの何もかもが、輝いていた。

ビエーブルの谷間から空を見て語った、シェニエの言葉が想い出された。

（……どんなに苦しくても、辛《つら》くても、こんなに空が晴れている日には、何だか希望が胸いっぱいに湧いてくるじゃないか。だから、心の中には、いつも晴れわたった大空を失ってほしくない……）

ルネは、少し元気を取り戻した。立ち上がると、トローヌ広場に通ずるサンタントワーヌ通りの方へと歩き始めた。

検事が、法廷じゅうに響く激越《げきえつ》な調子で、訴状《そじょう》を読み上げていた。

「……事実、被告シェニエは、革命が始まって以来、非国民としての評判をもたらすような著述を続けてきた、鼻もちならない貴族階級である。彼は、公共の精神を堕落《だらく》させ腐敗させるため、また、専制君主制とその全ての罪を準備するために、専王に買収された文士ではなかったか？　人民委員会を解散させ、そのメンバーである全ての愛国者を誹謗《ひぼう》し、名誉を傷つけて、追放者を煽動《せんどう》するために外国勢力にやとわれていたのではなかったのか？　更に、憲法原則を支持するように見せかけて反革命を準備し、愛国者の敵となって、『ジュルナル・ド・パリ』に執筆していたのではなかったか？……」

その内容は、極《きわ》めて簡潔であった。だが、「専王に買収された文士」「反革命」という言葉だけで、極刑《きょっけい》の要件には十分であった。

「アンドレ・シェニエ。君は、そのような罪状で告訴《こくそ》されているのだ」

コファンダールがそう言って、シェニエに着席を促《うなが》した。

陪審員達が、質問を投げかけてきた。どれも、シェニエが新聞に発表した評論や詩が、彼らにはかっこうの材料になっていた。

三人の証人が現れて、シェニエに不利な証言を行った。

買収――それ一つをとってみても、いつも貧乏で、金銭には無頓着だったシェニエには、思いがけない嫌疑《けんぎ》であった。だが、弁明も、弁護人も許されない法廷では、戦いの余地は全《まった》くなかった。革命法廷は、まだ多くの罪人を裁かねばならない。急ぐ必要があった。

短い審理がすむと、陪審員達が審議のために、別室へと出て行った。判事、検事は、そのまま居残っている。審理はあっさり片付けられそうな気配が、ありありとしていた。傍聴席から、怒号《どごう》や嘲笑があがり始めた。「人民の敵！ 当然、死刑だ！」という興奮した叫《さけ》びもあがったが、もはや、澄みきったシェニエの心を、少しも曇らすことはできなかった。短時日のうちに何千人もの命を奪ったこの陰気な法廷に象徴《しょうちょう》される巨大な暗黒の中で、シェニエの魂は、決して消えない一条の光を放っていたのである。

ものの十分とたたないうちに、鈴の音が高く鳴った。陪審員達が戻って来る合図《あいず》である。法廷は、再び水を打ったように静まり返った。黒い法服姿が、次々と入廷して、席に着いた。裁判長が、陪審員の一人一人に意見を求め、それから、自分の左右の判事にも意見をきいた。全てが、まるで機械じかけのように進んでいった。

最後に、コファンダールは、シェニエの方を見た。

渇いた判決の声が、法廷じゅうに響いた。

ルネは、昼下がりのサンタントワーヌ通りを、バスチーユの方向へと歩いていた。

(これで四日目か。きょう一日待って会えないなら、あすにはビエーブルに戻らなければ……。父も心配しているだろうし……)

ようやくルネの頭には、父親の心配顔が浮かび始めていた。

七月のパリは、日差しは暑くとも、吹く風には涼味《りょうみ》があった。歩き続けていても、汗ばむことはなかった。

教会の鐘が三時を告げて、低く空気をふるわせた。その時、その鐘の音を破るように、大きな声が聴こえた。

「おっ、また死刑囚の馬車が通るぞ!」

ルネは、われに返って振り向いた。騎兵に衛護《えいご》された二輪の馬車が、がらがらと大きな車輪の音を響かせて、自分の脇の大通りの中央を行き過ぎようとしていた。

天蓋《てんがい》のない、荷車のような、浅い大きな馬車に、七、八人の囚人が後ろ手に縛《いまし》められたまま乗っている。目を凝《こ》らしたルネは一瞬、全身が凍《こお》りつくような戦慄を覚えた。囚人達の間から、たしかにシェニエの横顔がのぞいた。間違いない、心に描《えが》き続けてきた、懐かしい詩人がそこにいた。ルネは、思わず大声で叫ぼうとして、その声を、辛《かろ》うじて喉《のど》もとで呑《の》み込んだ。罪人の名を親しげに呼べば、見とがめられないわけがない。ルネは、はっと思い出したように、脇のポケットから布地を取り出した。それは、シェニエが別れ際《ぎわ》にくれた、絹地《きぬじ》のスカーフであった。洗うと、輝くばかりに白く、きれいになった。

大切にとっておいたそのスカーフを、ルネは急いで自分の襟《えり》に巻きつけたのである。

その時、囚人達の真ん中にいたシェニエが、何気《なにげ》なくルネの方に顔を向けた。おだやかな、端正な面差《おもざ》しは少しも変わってはいない。その目が驚いたように見開かれたが、すぐに大きな微笑みに変わった。小さくうなずいてくれたようだった。

(ああ、僕を分かってくれたのだ)

ルネは、馬車に負けまいと、早足になった。スカーフが、風にひらひらと舞った。

すると、シェニエの表情が厳《きび》しくなった。少し眉根《まゆね》を寄せて、軽く頭を左右に振っている。

(ついて来てはいけない。危険だ、いけない)

シェニエの目が、懸命《けんめい》にそう言っていた。その険しい眼差《まなざ》しに、ルネは、ほとんど駆《か》けだしかけていた歩みを、数歩でとめた。馬車は、すぐ距離を広げていく。車輪の音が、耳を聾《ろう》するように、ルネの心に反響していた。遠ざかる馬車に、思い切って一度だけ大きく手を振った。だが、囚人達の表情は、もはや読み取ることはできない。頭が錯乱《さくらん》し、足もとから崩《くず》れ落ちそうな動揺と、込み上げる嗚咽《おえつ》を必死でこらえた。

ルネの足は、自然と、刑場のあるトローヌ広場の方へと向かい、バスチーユからサンタントワーヌ場末町の通りを急いだ。激しい胸の動悸《どうき》をおさえながら、夢中で駆けだしていた。運よくめぐり会えたからには、もう一度、あの詩人に別れを告げたかった。

サンタントワーヌ場末町の通りを一息《ひといき》に走ってようやくトローヌ広場にたどりつ

き、左手にあたる林の方に目をやると、ルネは足がすくんだ。木立《こだち》の間の広い場所に処刑台はすでにととのい、台上に立つ高い柱の頂上あたりに、きらりと金属の閃《ひらめ》きが見えた。見物の群衆が取り囲み、その興奮を、太鼓《たいこ》の響きが煽《あお》りたてている。これが、いつもの光景なのだ。群衆の頭ごしに、警備兵の隊列のものものしい抜剣《ばっけん》の波が光っている。ルネは、人波《ひとなみ》をかき分けて、少しでも処刑台に近づこうとした。すると、太鼓の連打が、ぴたりとやんだ。人々の罵声や喚声《かんせい》もやんで、あたり一帯の空気が急に静まり返った。処刑台の階段に最初の囚人が姿を現したのである。ルネは、息を呑んだ。刑吏《けいり》に腕をつかまえられて、短い階段を上り始めたその後ろ姿は、まぎれもなくシェニエであった。一歩、二歩と、音もなく、後ろ手に縛《しば》られたまま、背筋をのばし、取り乱《みだ》したようすもなく、静かに死の階段を踏みしめていく。着ているものは、ルネと出会った時と同じように見えた。十歩ほどもない急な木組みの段を上りつめるのを、二人の処刑人が台の上で待っている。

あと一歩で、台上に上がるというその時、シェニエが、ふと足をとめた。それから、空をゆっくりと見上げた。ルネは、はっと胸をつかれた。

振り仰ぐと、パリの空は、深い藍色《あいいろ》をたたえて、一点の雲もなく晴れわたっている。シェニエは、片方の足を台上に置いたまま、最後の一段の上で、しばらく遠くを見上げていた。横顔が、かすかに分かる。一瞬、瞼《まぶた》を閉じて微笑んだように見えた。そうして、シェニエが最後の一歩を、静かに処刑台上に運び終わると、群衆の間から、再びざわめきがあがった。

その時、激しい痛みに締めつけられていたルネの胸に、ふいに古里のビエーブルの日のきらめきや、花の影や、澄みきった空の色が広がり始めた。ルネは、シェニエが晴れた空を仰ぎ見た意味を、そのシェニエの胸にどんな熱い思いがあったかを知っていた。まるでそこで見守っているルネに、無言の別れを語りかけてくれたかのようであった。

詩人は、空を見上げた時、最後の誇《ほこ》らかな詩を、心の中にうたったのだ。そして自分の熱い清らかな胸の思いを、その遺志を、遠い未来の大空へと託したのに違いない――今、ルネは、シェニエの心を全身でうけとめようとした。

そして、もう一度、忘れがたい人の横顔を胸におさめると、ルネは身をめぐらした。静かに、群衆から離れ、広場を去ろうとした。込み上げる悲しみに、涙がとめどもなくあふれ出る。こぶしで何度も瞼をぬぐいながら、重い足をひきずるようにして歩き始めた。

しばらく行くと、「ワアッ」という恐《おそ》るべき喚声が、背後《はいご》からあがった。その瞬間、ルネは雷にうたれたように、全ての記憶が空白になり、足もとの地面が大波をうつような動揺を感じた。だが、振り返ろうという衝動を辛うじてこらえて、気を取り直すと、彼は足を速めた。もはや、行き交う人の表情も、街並みも、何も目に入らなかった。ただ無我夢中で歩いた。そして、歩いていくにつれて、深い悲しみの底から、この自分の歩いていく方向に、進むべき道が真っすぐに続いているという自覚が萌《きざ》し始めていた。

今、この場から、心を決めて確かな一歩を踏み出していくことだ。全ての悲しみも、悔《くや》しさも胸におさめ、勇気をふるって乗り越えて、自分の決めた道をどこまでも進んでいくのだ。それこそが、詩人が自分に教えようとしたことではなかったろうか、とルネは思い始めていた。

（シェニエさん！）

ルネは、心の中で叫んだ。あの懐かしい笑顔が、脳裡にあざやかに蘇《よみがえ》った。詩人は、どこか遠くへ歩み去ろうとしていた。少しその姿が小さくなった。

（シェニエさん！）

もう一度、呼んでみた。詩人は、その声に立ちどまり、振り返った。が、ルネに微笑みかけると、ふたたび踵《きびす》をかえして、静かに遠ざかっていった。

その頭上には、くまなく晴れあがった青空が広がっている。

（シェニエさん、きっと、あなたの想い出は、僕の生涯をつらぬき、理想へと、信念へと駆り立ててくれるでしょう）

いつかシェニエが口ずさんでくれた美しい詩節が、ルネの胸に交響していた。そのいくつもの言葉が、心の中に浮かんでは消えた。やがて十八世紀フランスの時代精神を表現した同世紀最高の詩人としてたたえられるであろう孤高《ここう》のペンの戦士の言葉は、若いルネを深くとらえていた。そして、信ずる道に自分の存在そのものを賭《か》けて、短い生涯を燃えるように駆け抜けた、その威厳と意志の力も——。

（ああ、あなたは、物見高い野次馬達の嘲罵《ちょうば》の声にも取り乱さず、眉一つ動かさず、微笑みさえ浮かべて、処刑台に上ったことでしょう。ほら、振り仰いでくださ い。いいえ、あなたは、その時天を仰いで、この空の青さを胸いっぱいに吸い込んだことでしょう。ああ、刑罰は、有罪の者にこそ恥辱《ちじょく》になるもの。あなたは少しも恥じることはないのです。少しも苦痛ではないはずです。なぜなら、罪がないのですから）

（あなたは詩人、すばらしい詩人でした。政治家でも、ただの文士でもない、どこまでもこの青空に向かって信念の歌をやめない詩人でした。その清らかな夢や大きな心まで葬《ほうむ》り去るなど、誰《だれ》にもできはしない。かえって、全ての人が、その熱い心と美しい詩の調べに気がついて、あなたを惜しみ仰ぐ日が、いつかきっと来るのです）

ルネは、パリを東に出はずれて、サン・クルーからセーブルにさしかかり、小高い丘道をビエーブルへと急いでいた。ふと足をとめて見返ると、セーヌの川幅の向こうに広がるパリの街並みを、濃い黄昏《たそがれ》の色が覆《おお》い始めていた。街路や、家々の灯が、少しずつ数を増やしていく。やがて、パリは変わらぬ美しい夜景を見せるのであろう。

その時、パリに別れを告げようとするルネの眼前に、一枚の絵が忽然《こつぜん》と浮かび上がった。それは、詩神ミューズを先頭として、真実の自由と平等と友愛の旗のもとに起《た》ち上がる民衆の戦《いくさ》の光景であった。ミューズは、民衆を率《ひき》いて戦う詩人の大いなる詩心を象徴して、崇高《すうこう》な時代精神を輝かせている。いつか、きっと、本当の民衆の時代が来るだろう。人間の時代が来るだろう。そのために、この絵を描ききってみたい。あの詩人との想い出に。否、詩人が教えてくれたように、新しい歴史の大いなる予告として――。

ルネは、胸もとのスカーフに手をやった。今は、それは形見となってしまった、真っ白な絹の布。

(いや、そうじゃない。あの時、シェニエさんは、これが形見となることを知っていたんだ。永遠の別れの記念に、僕にくれたんだ。……死を覚悟《かくご》していたあの人が真心を込めて教えてくれたように、僕にも僕なりの道がある。革命の道、人間の

道がある。それを、どこまでも進んでいこう）

ルネは、深く心にうなずくと、首からスカーフを取り、遥かトローヌ広場の方角に向かって、頭上に何回も大きく振った。そして、再び大事そうにそれを襟に巻くと、故郷への夕べの道を急いだ。

三十二歳の詩人アンドレ・シェニエが、その前途《ぜんと》多い命を断頭台に絶ったのは、一七九四年七月二十五日のことであった。

それから、わずか二日後、いわゆる「テルミドール九日」の政変が起きた。すなわち、議会は全会一致で、ロベスピエール派の逮捕を決定したのである。翌二十八日、ロベスピエールら二十二人は「暴君を倒せ！」と叫ぶ群衆の目の前で、断頭台の露《つゆ》と消えている。

ただちに、旧時代の多くの政治犯の身柄《みがら》が自由になったことは、言うまでもない。暗い牢獄の門から明るいパリの街通りへと、喜々として生還する彼らの姿があった。

もし、シェニエがあと二日、獄中に生きながらえていたなら――。

もはや永遠に埋めることのできない歴史の空白――。

否、それは、いかなる空白といえるだろうか。一人の詩人の命は、更に生き続けられたであろう幾歳月《いくとしつき》の空白を優《ゆう》に越え、ロマン派詩の新しい時代を出現させた。その詩の琴は、今日もなお美しい命の調べを奏《かな》で続けている。

そして、少年ルネは――？

ルネは、永遠の少年として、今も生きている。

どこに？

ルネが最後にシェニエの姿を見たその日の青い空のように、澄みきった世界中の大空のもとで、未来をめざす全ての少年達の心の中に生きている。

解説——アンドレ・シェニエと時代背景

アンドレ・シェニエは、一七六二年十月三十日、トルコのコンスタンチノープル（現イスタンブール）で、貿易《ぼうえき》商人をしていたフランス人の父、ギリシャ人の母のもとに生まれました。ギリシャ趣味の母親の影響を強く受け、幼少の頃《ころ》からヘレニズム風の文化に染まりながら、育ちます。パリの名門校コレージュ・ド・ナバールでは、ギリシャ古典詩や東方の文学に親しみ、ド・パンジュら、生涯の盟友《めいゆう》と出会います。一時、軍隊に身を投じますが、やがて文学に精進し、スイス、イタリアなどの旅行を経て、パリに戻り、詩作に専念しています。初期の作品にはホメロスの叙事詩などの翻案《ほんあん》や牧歌、エレジー（悲歌）が多く見られます。

一七八九年、フランス革命が始まった当初、シェニエは大使館書記官としてロンドンに駐在《ちゅうざい》していました。フランス革命の「自由」「平等」「友愛」の精神に共鳴していたシェニエは、十一月に帰国。革命騒乱《そうらん》の地パリで、革命の本来の理想を守り抜くためにペンをとり、「ジュルナル・ド・パリ」紙に寄せた「フランス人民に告ぐ――真実の敵について」など、二年有余の間に二十編余りの革命の逸脱と暴政を激しく攻撃した論文を発表し、革命政府当局から追われることになります。

小説「革命の若き空」は、〝革命の秩序《ちつじょ》を混乱させる民衆の不当な煽動《せんどう》者《しゃ》こそ真の敵である〟と弾劾《だんがい》するシェニエの行動を軸に展開されるわけですが、当時の時代背景について、それぞれの勢力の位置関係を中心に簡単に紹介しておきたいと思います。

一七八九年五月の三部会の開催後、六月に国民議会が成立し、第三身分が結束しての「球戯場《きゅうぎじょう》の誓い」などの急激な改革が進められ、八月四日には、貴族・聖職者の特権を廃止する法令が決議され、二十六日には「人間と市民の権利の宣言」（「人権宣言」）が採択《さいたく》されます。

法の前における万人の平等、国民主権へと歴史が転換していきますが、この間、七月十四日には、バスチーユ牢獄襲撃事件《ろうごくしゅうげき》が起こります。これは、パリの民衆による自分達の生活を脅《おびや》かすものへの抵抗《ていこう》であり、十月五日に行われたヴェルサイユ襲撃もまた、パリ蜂起《ほうき》の影響で全国に広がった農村騒動の中で、食糧危機などの窮状《きゅうじょう》を国王ルイ十六世に直訴《じきそ》しようとしたパリ民衆の行動でした。こうした中で定着していった社会勢力の動きは、王党派（宮廷反革命派）、経済的危機から政治にかかわっていく都市と農村の民衆運動、新社会へ向けて民衆運動を利用して反革命派の制圧を図《はか》る議会ブルジョワという相互関係でとらえられると、歴史的に検証されています。

一七九二年九月に発足した国民公会によって、王制の廃止と共和制の樹立が発せられます。この国民公会では、過半数を占める平原派を挟《はさ》んで、ジロンド派と、ジャコバン派などの山岳党が対立していました。いずれも、

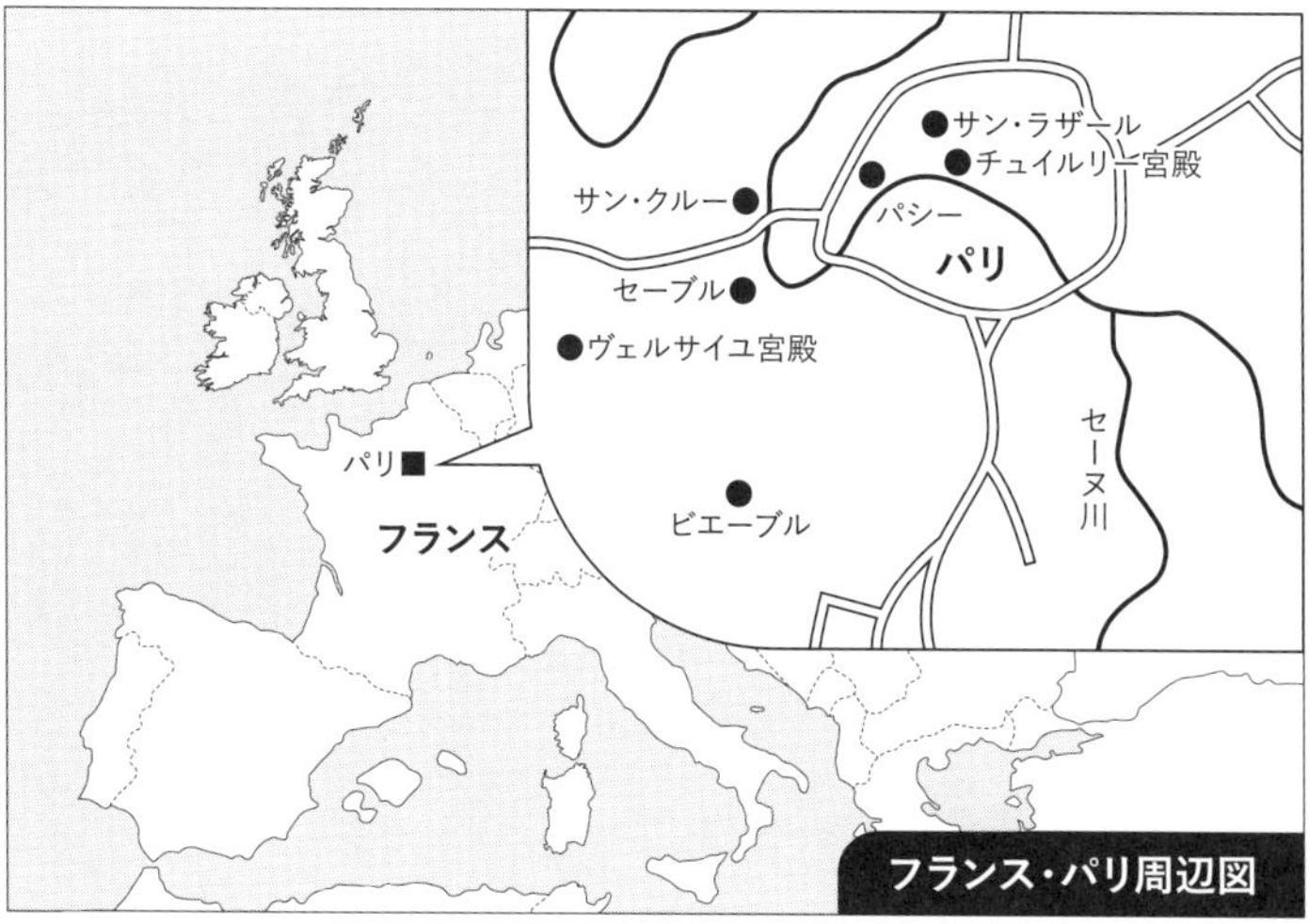

フランス・パリ周辺図

ブルジョワ出身の共和主義者で、経済的自由主義に走るあまり民衆運動の要求する経済統制に応じなかったジロンド派に対して、ジャコバン派は革命遂行《すいこう》のため民衆運動とその要求を少なからず認めようとする立場に立っていました。

ジャコバン派とジロンド派の抗争は激しさを加えていきますが、翌九三年五月三十一日と六月二日の、ジャコバン派を支持する国民衛兵軍と武装した市民の蜂起によって、ジロンド派が議会から追放され、山岳党が権力を握ることになります。その結果、憲法によらない非常政治体制である独裁《どくさい》政治が始まり、立法府の中の各種委員会が強力な行政機能を果たすことになりました。とりわけ、ジャコバン派の指導者ロベスピエールの加わった公安委員会は、軍事や外交、内政全般に強権をふるい、可決した反革命容疑者法による〝恐怖政治〟を断行していくのです。

議会内での反対派ばかりか、市民層をも粛清《しゅくせい》する〝大恐怖政治〟の最中に、革命裁判所の追放者リストに挙げられていたシェニエも、パリのパシーで逮捕されるのです。国王を擁護《ようご》する反革命的な危険人物と見なされていたからであり、〝自由の名のもとにおける専制〟を痛烈に非難した彼の政治論文がロベスピエールの逆鱗《げきりん》に触《ふ》れたからでしょう。

サン・ラザール監獄へ収監されたシェニエは、四カ月余りの獄中生活後、一七九四年七月二十五日、国家をくつがえそうとする論文を書いた罪をきせられたまま、三十二歳の若さで命を絶たれました。「テルミドール九日」

の政変が起きたのは、それから二日後であり、ロベスピエールらが断頭台の露《つゆ》と消えたのは、その翌日でした。

しかしながら、アンドレ・シェニエの作品は、死後二十五年を経て、甥《おい》に当たるガブリエル・ド・シェニエの手によって出版され、獄中で紙片に書き付けられた正義への叫《さけ》びをはじめ、その美しく、力強い詩は、ヴィクトル・ユゴーらロマン派の詩人達に深い影響を与えたのです。そして、今日、シェニエは「十八世紀の時代精神を表現した最高の詩人」「十九世紀における詩の復権を準備した先駆者」として不滅の光を放っています。

◇引用一覧（本書の該当ページ）

プラトン『国家』藤沢令夫・尼ケ崎徳一・田中美知太郎・津村寛二訳〈「世界古典文学全集　第15巻」所収〉筑摩書房　（153〜154ページ／196〜199ページ）

ルソー「ルソーからヴォルテールへの返事」本田喜代治・平岡昇訳〈『人間不平等起原論』所収〉岩波文庫（165

ページ）
『ゲーテ全集　第二巻』大山定一訳　人文書院（188ページ）
『クロムウェル』今井宏訳（194ページ）
ルソー『エミール』今野一雄訳、岩波文庫（205ページ）

◇参考資料
Colonel E. HERBILLON, *ANDRÉ CHÉNIER* (Tallandier, 1949)

＊本文中のシェニエの詩については外川進、青野洋子が抄訳した。

後記

どんなに大きな木も、はじめは地中の一粒の胚子《はいし》から始まる。そして胚子は、まず根を下へ伸ばす。上へ伸びるためには、下へ下へと根を伸ばして、大地にしっかりと定着しようとするのである。地中に芽をふいてからも、地下に根を広げ続ける。根をしっかり張っていれば、風や嵐《あらし》にも耐《た》えて、大きく伸びていけるだろう。こうした目に見えない地中での作業は、人生でいえば、大人になり社会へ出るまでの、青少年時代のさまざまな鍛錬《たんれん》や勉強や教育にあたるといえるだろう。

作者である池田大作創価学会第三代会長は、いわば人生の胚子や若芽にあたる人々に、機会をとらえては成長への指針や励ましを送ってきた。

「アレクサンドロスの決断」では、青年大王アレクサンドロスと侍医《じい》フィリッポスとの友情がテーマとなっている。

アレクサンドロスがアジア遠征の途上《とじょう》で重病となり、密告の文書にまどわされずにフィリッポスの薬を飲んで助かったという作品中の話は『プルターク英雄伝』に実話として伝えられている。モンテーニュの『エセー』は、これをアレクサンドロスの寛容《かんよう》な心を示すエピソードとしてとりあげている。『プルターク英雄伝』でのこの部分は、文庫本で二十行くらいの簡潔なものだが、それを作者は青春時代に読み、強く心を打たれた。その若き日にうけた感銘《かんめい》の余韻《よいん》を基本的なトーンとしながら、アレクサンドロスとフィリッポスを少年時代からの友という設定にして、二人の絆《きずな》を軸《じく》に、物語りを組み上げたものである。

友情のほかに、この作品は正義や幸福観などにも触《ふ》れている。それは、少年アレクサンドロスの家庭教師となった哲学者アリストテレス（これも史実である）の倫理《りんり》学《がく》から引かれているのだが、分かりやすく噛《か》み砕《くだ》いて展開されており、高校生にも容易《ようい》に理解されるだろう。

「革命の若き空」は、フランス革命を舞台として、実在した詩人アンドレ・シェニエを主人公とする高校生向きの作品。若くして革命の渦中《かちゅう》に散った詩人の、信念に殉《じゅん》じた生き方や、真実の革命のあり方がテーマになっている。

この作品が書かれた一九八八年の翌年が、ちょうどフランス革命・人権宣言二百周年にあたっており、折から日本でもフランス革命に関する書籍が次々と出版され、さまざまなイベントが企画されるなど、改めてフランス革命の意義が問い直されていた。例えば、ギリシャ哲学を源流とする西欧のヒューマニズムが、「自由」「平等」「友愛」の理念のもとに具体的な制度の上で確立され、今日の民主主義制度の枠組《わくぐ》みを決定的なものにしたという積極的な側面がある反面、余りにも多くの破壊《はかい》や殺戮《さつりく》の上にそれが成し遂《なと》げられたという暗い面もある。更に、これを突き詰めていくと、人間が理想と残虐《ざんぎゃく》、善と悪という二つの本性を持ち合わせる矛盾《むじゅん》した存在であるという問題に突き当たる。正義とは何か、人間とは何か——こうした問いをとおして、フランス革命の、したがって社会変革のあり方を若い人々に考えてもらおうというのがこの作品である。

シェニエの名は、わが国ではあまり知られていない。しかし欧州では、ジョルダーノの歌劇《かげき》「アンドレ・シェニエ」があり、プーシキンはシェニエに対する賛歌をうたい、ユゴーにも少なからぬ影響を及ぼした大詩人である。その詩と生涯《しょうがい》を、革命二百周年にあたって広く青少年に紹介するという、実にユニークな試《こころ》みとなった。

友情、信念、正義、平和そして人間——これらが、青春小説「アレクサンドロスの決断」「革命の若き空」に貫《つらぬ》かれているテーマである。平凡といえば平凡である。しかし、それらこそ、胚子や若芽が懸命《けんめい》に地中に伸ばしゆく柔らかい根から吸収されるべき養分なのだ。それらが健全に十分に吸収されてこそ、樹は大きく太く育つ。古今《ここん》の名作・良書の多くがそれらをテーマとしているのも、そうした理由からである。

十代の時期に、どこまでも自分を磨き鍛《きた》えて、黄金の果実《かじつ》みのる大樹に育ってほしい。そのために、二十一世紀を開きゆく未来の主役である青少年たちに〝心の宝〟を——それが、これらの作品に込められている作者の熱い思いであろう。

【著者略歴】

池田大作（いけだ・だいさく）

1928年〜2023年。東京生まれ。創価学会第三代会長、名誉会長、創価学会インタナショナル（SGI）会長を歴任。創価大学、アメリカ創価大学、創価学園、民主音楽協会、東京富士美術館、東洋哲学研究所、戸田記念国際平和研究所などを創立。世界各国の識者と対話を重ね、平和、文化、教育運動を推進。国連平和賞のほか、モスクワ大学、グラスゴー大学、デンバー大学、北京大学など、世界の大学・学術機関の名誉博士、名誉教授、さらに桂冠詩人・世界民衆詩人の称号、世界桂冠詩人賞、世界平和詩人賞など多数受賞。著書は『人間革命』（全12巻）、『新・人間革命』（全30巻）など小説のほか、対談集も『二十一世紀への対話』（A・J・トインビー）、『二十世紀の精神の教訓』（M・ゴルバチョフ）、『平和の哲学　寛容の智慧』（A・ワヒド）、『地球対談　輝く女性の世紀へ』（H・ヘンダーソン）など多数。

アレクサンドロスの決断《けつだん》

2025年1月15日　初版第1刷発行

著　　者　池田大作《いけだだいさく》
発 行 者　松本義治
発 行 所　株式会社　第三文明社
東京都新宿区新宿 1-23-5
郵便番号　〒160-0022
電話番号　03（5269）7144（営業代表）
03（5269）7145（注文専用）
03（5269）7154（編集代表）
振替口座　00150-3-117823
URL　https://www.daisanbunmei.co.jp/
印刷・製本　TOPPAN株式会社

ISBN 978-4-476-05060-8